第一期

SINO-AMERICAN JOURNAL Of COMPARATIVE LITERATURE

中美比较文学

主编 张 华
Paul Allen Miller

中国社会科学出版社

图书在版编目（CIP）数据

中美比较文学．第1期／张华，（美）米勒主编．—北京：中国社会科学出版社，2015.3

ISBN 978-7-5161-5699-5

Ⅰ.①中… Ⅱ.①张… ②米… Ⅲ.①比较文学—文学研究—中国、美国 Ⅳ.①I206 ②I712.06

中国版本图书馆CIP数据核字（2015）第048577号

出版人　赵剑英
责任编辑　凌金良　陈　彪
特约编辑　胡国秀
责任校对　冀洪芬
责任印制　张雪娇

出　　版　中国社会科学出版社
社　　址　北京鼓楼西大街甲158号（邮编100720）
网　　址　http://www.csspw.cn
　　　　　中文域名：中国社科网　　010-64070619
发 行 部　010-84083685
门 市 部　010-84029450
经　　销　新华书店及其他书店

印刷装订　北京金瀑印刷有限公司
版　　次　2015年3月第1版
印　　次　2015年3月第1次印刷

开　　本　710×1000　1/16
印　　张　13.5
插　　页　2
字　　数　206千字
定　　价　45.00元

《中美比较文学》(*Sino-American Journal of Comparative Literature*)为中国北京语言大学与美国南卡罗来纳大学合作项目，由中美比较文学界同仁共同创办和编辑。中方和美方两个编委会分别负责审阅中美学者的来稿，刊物将由中国社会科学出版社出版，中英文双语发行。

本刊旨在集中展示中美比较文学界在比较文学与世界文学学科范围内及相关学科的最新研究成果，探讨前沿理论问题，拓展文学批评空间，研究学术焦点现象，以促进比较文学与世界文学研究领域的最平等、最直接、最充分的学术交流。

Sino-American Journal of Comparative Literature is a joint project between Beijing Language and Culture University, China and the University of South Carolina, the United States. The journal is published by the China Social Sciences Press both in English and in Chinese. The co-founders and editors, as well as the members of the editorial board, as experts in the field of comparative literature in China and the U. S. are responsible for refereeing all submissions. Articles submitted in Chinese are edited by the Chinese editorial board, those in English by the American board.

The journal is designed to be a platform to gather and exhibit the latest research findings in Comparative Literature, World Literature and related disciplines in both countries. Its mission is to explore the latest theoretical issues in both countries and to expand the range of literary criticism available in each. It aims to promote a full and critical dialogue in the field of Comparative Literature and World Literature as well as intercultural comprehension.

目　录

中方主编前言

《中美比较文学》第一期就要付梓出版了，中外方主编约定，由中方主编对这个刊物的产生过程和这一期的稿件情况向读者做一简单介绍，外方主编也做一个有关比较文学主题的前言。

2010 年 11 月至 2011 年 1 月，我应邀参与了加拿大多伦多大学的“全球化语境下的宗教多元主义研究”合作项目。这期间，项目的开展需要我往来于加拿大多伦多和美国波士顿、纽黑文三座城市之间，到哈佛和耶鲁两所大学的图书馆查阅资料并拜访专家，这也使得我再次有机会回到五年前曾经学习生活过的哈佛大学，以及与其齐名的耶鲁大学。2010 年 12 月，我所供职的北京语言大学开展海外孔子学院的评估工作，当时我恰好正在美国，遂经过学校批准抽出时间来到位于美国哥伦比亚城的南卡罗来纳大学参与评估。这是我第一次来到这所美丽而深富历史感的大学。经该校孔子学院院长、著名比较戏剧学家叶坦教授的介绍，我结识了美国比较文学界的两位重量级学者：Paul Allen Miller 和 Alexander Beecroft，并在随后建立了密切的学术联系。

有趣的是，我们这次见面的话题，是从哈佛大学谈起的，因为我们三位都曾在哈佛学习过。当时，Paul Allen Miller 是南卡罗来纳大学语言、文学和文化系主任，比较文学学科带头人，Alexander Beecroft 则是刚刚被南卡罗来纳大学从耶鲁大学引进来的，并成为美国比较文学学会的秘书长。为此，美国比较文学学会的网站还专门做了详细报道（见 http：//www. acla. org/）。Paul Allen Miller 和 Alexander Beecroft 都是古典学专家，也都学习过中文，并对中国比较文学与世界文学的发展充满关注和期待。他们认为，中国的比较文学与世界文学是比较文学与世界文学的未来，离开中国的比较文学与世界文学将名不符实。

在随后的几年中，我曾数次应邀前往南卡罗来纳大学讲学或参加学术会议，Paul Allen Miller 教授随后也被聘为北京语言大学客座教授，曾多次应邀或个人或带团来北京语言大学和中国其他高校开展学术讲座活动（相关报道可见中国比较文学学会会刊《比较文学与世界文学》）。美国南卡罗来纳大学也史无前例地于 2011 年接受了 4 名“中国学”研究学者。受国家建设文化和学术型孔子学院的启发，在多次的来往和交流中，我们双方产生了深度合作的想法，共同编辑出版一本《中美比较文学》就是其中之一。双方商定，分别组成中方和美方两个编委会，负责审阅中美学者的来稿，刊物将由中国社会科学出版社出版，中英文双语发行。

2014 年 2 月 26 日—3 月 2 日，美国南卡罗来纳大学召开第 16 届比较文学与世界文学年会，会议主题是——中国与西方：1950 年以及其后的经典翻译。此时的 Paul Allen Miller 教授因出色的与中国交流的业绩，已被校方任命为分管国际事务的副校长。会议以“中国与西方”为主题，足以表明中国比较文学的学术成果已经引起美国比较文学界的高度关注，并将在世界比较文学学术领域占据重要位置。而这一期《中美比较文学》的大部分稿件也来自这次会议，可以较为详细地反映“中国与西方”这个主题在中美两国比较文学界的研究情况。

中方主编　张华

北京语言大学

2015 年 3 月 1 日

A Brief Foreword: A Brief for Moving Forward

What is the task of Comparative Literature today? What is its object? Any new journal of Comparative Literature must pose this question. There was a time when would have answered the object of Comparative Literature was "the text." It was an object that seemed so solid. It had weight. It had mass. It had meaning. That meaning, however, could be hard to decipher, and so we developed methods of interpretation. How do we know what a text means? Why do some texts mean different things to different people? How do we arbitrate those conflicts? What constitutes validity in interpretation? Literary theory and textual hermeneutics finds their origins in these questions.

But what about texts that keep generating new meanings? Are they a singular object? How do we account for those "classics" that every new generation makes their own? Do they reveal some universal essence of the literary? Do they tell us something essential about what it means to be human? Do they reveal the fundamentally socially constructed nature of meaning as each new group makes Homer, Confucius, the *Book of Odes*, or Shakespeare their own?

The task of Comparative Literature has been all these things over the last hundred years and in the process the once solid and reliable text has become ever more evanescent. The object itself may be solid—a book, a scroll, an inscription, an oracle bone, a film, an installation, a painting, a hypertext. You can point to it on a shelf, hold it in your hands, navigate to it on the web, but what it is*qua* thing, *qua* object seems ever less solid even as the "object" produces ever more meanings. Separating the object from the context of its interpretation, both at the moment of its creation and at that of its reception, becomes increasingly problematic. In many ways, we have ceased to interpret texts in the classical sense and come to study them as moments or constellations within systems of meaning: within languages, genres, conventions, ideologies, superstructures, national traditions, ecologies of literature, and the ever recurring but impossible to define notion of "world literature."

In this context, the urgency of the comparative enterprise has becomes more pressing than ever. The effort to understand texts in isolation appears increasingly futile. The very idea of the literary, we discover, is constructed at the intersection of multiple horizons of meaning and only a comparative approach can even begin to do this multiplicity justice, even as this multiplicity in its essential heterogeneity is shown to be the condition of possibility of meaning itself.

The *Sino-American Journal of Comparative Literature* is launched, then, in the spirit of Comparative Literature as this open field of inquiry. It is structured to always be between languages, between cultures, and between texts. The editors of the journal believe that a comparative approach is not just one possibility among others but that it is a methodological necessity.

The dialogue we launch with this journal will be open-ended and at times cacophonous. Our writers will be addressing each other and our respective objects from often-incommensurable points of view. We relish this. We do not believe that this incommensurability, this inability to reduce our voices and objects to single master narrative or to a single origin is a flaw or a contradiction. Rather we believe this plurality is the very possibility of literary study itself. We invite submissions on all comparative topics from all corners. But we especially invite those submissions that bring together our diverse traditions and that produce new dialogic spaces, new possibilities of meaning.

Paul Allen Miller, Chief Editor
University of South Carolina
01, Mar. 2015

乔纳森·爱德华兹的中国接受史研究：在文学与宗教之间

宋旭红*

Abstract Jonathan Edwards was the leader of the First Great Awakening during the colonial period of North America, and America's most important and original philosophical theologian. Edwards grounded his life's work on conceptions of beauty, harmony, and ethical fittingness, and played a critical role in shaping American culture and literature. In China, the study concerning the work of Edwards started a century ago, but not abundant nor thorough. On the one hand, this study is mainly focused on the literature aspects of Edwards's work and heavily influenced by the already exist studies made in America. On the other hand, the religious aspects in Edwards's work caught the attention of Chinese scholars' attention just decades ago due to the different priority of the source culture and cultural misreading. This paper uses the reception history of the work of Edwards in China as a case study to tap into the broader issues of the Chinese selection of Western literature and the influence of religion on Western literature in a non-Western context.

* 宋旭红，中央民族大学比较文学与世界文学专业教授，文学博士。

Keywords Jonathan Edwards; literary reception; Puritan literature

乔纳森·爱德华兹（Jonathan Edwards，1703—1758）是美国有史以来最为重要、最具原创性的本土哲学家和神学家，也是美国历史上最伟大的知识分子之一。他生活于北美殖民地时期，生前主要的社会身份是一位基督教牧师兼学者。他的名字与美国早期的“大觉醒运动”紧密相关，是这场运动的发起人之一。作为清教神学的卓越代言人，爱德华兹的思想已被公认为是美国民族精神和民族性格的重要构成要素之一。此外，他也是一位勤奋的著作家，一生为世人留下了数量惊人的作品，包括学术论文、布道词、书信等。这些作品的成就与影响不仅奠定了他作为思想巨匠的地位，也为他赢得了崇高的文学声誉。他被视为美国清教文学的典范作家，并以其深邃的思想和独特的风格深刻影响了后世美国文学。

很显然，在中美两国的关系及其相互理解对于整个世界而言都显得越来越重要的今天，对于这样一位美国思想家，我们中文学界理应投入足够的关注。然而遗憾的是，尽管在过去的一个世纪里，中美间的人文学术交流总的来说十分频繁和深入，但中文学界对于爱德华兹的研究仍然是十分有限的。这一状况直到21世纪以来的十多年间才有所改观。目前，中文语境下的爱德华兹研究正在步入全面展开和深入发展的新阶段。为了厘清历史线索、从中发现问题与不足，本文旨在尽量梳理并分析中文学界在近一个世纪以来对爱德华兹的接受史，以便为未来的研究提供更具理论价值和可操作性的方向。

一　爱德华兹中国接受史

一般认为，中美两国文化的真正“互看”始于十九世纪美国传教士来华。第一位来华的美国传教士裨治文（Elijah Coleman Bridgman，1801—1861）不仅与马礼逊一起创办《中国丛报》（*The Chinese Repository*），向英语读者介绍中国文化，还写作并出版了第一部全面介绍美国地理、物产、历史、制度等方面的中文著作——《美里哥合省国志略》(*A Brief Account of the United States of America*)(1838年)，此书对于在中国知识界建立起美好的美国形象居功甚伟，据说魏源的《海国图志》中对美国的描绘多基于此。当然，这也是中文读者第一次有机会了解到美国的建国史及其与基督教信仰的密切关系。不过，由于所涉内容极广且极简，该书并未提及“大觉醒运动”，更遑论爱德华兹其人。其后数十年间，伴随着帝国主义侵华战争的炮火，中美文化间的交流急剧加速，特别是到19世纪末期至20世纪初，前往美国留学游历的中国人越来越多，中国知识界对美国文化之方方面面的了解愈加全面和深入。不过，若具体到乔纳森·爱德华兹，据本人目前所掌握到的资料来看，中国学界最早正式瞩目于此人可能要晚至20世纪30年代，且是在文学界。1933年，张越瑞所著的《美利坚文学》由商务印书馆出版，在该书第二章《殖民时期的美国》中，作者用了近一页的篇幅介绍爱德华兹如下：

> 提到十八世纪美国的宗教复兴，便不由你不联想到伟大的爱德华(Joanthan Edward，一七〇三——一七五八)。他是大觉醒运动的魁元，恢复法国神学的一个首领。法国神学的组织根基于命数的教条，为拥护这原理而反对唯俗论，他写成《意志自由论》(*The Treatise on the Freedom of the Will*)，内中证明意志作用不是自由的，而是被运数支配的。他的声名有三方面：(1)美国伟大的形而上学者，(2)伟大的神学家，(3)有诗才的宇宙论者——认宇宙的一切现象是神爱的表现。生平事迹很像意大利的诗豪但丁(Dante)。他也有比德利(Beatrice)一样的爱人。因为她，他做过一篇赞美诗式的散文，写一个处女对于神权的爱慕。宗教复兴运动中，他得到她不少的帮助。像但丁，他经过一度漂流的生活，消受过环境的窘迫。作品固然有晦涩、庄严的毛病，实则他不但表现了他学问的渊博处，而

且暴露了他的人道主义。①

1934 年，商务印书馆还出版了另一本由张越瑞编写的《英美文学概观》，其中“美国文学”部分也提到了爱德华兹，内容则是此段的缩写版。今天看来，这段介绍本身是极为简略粗糙的：以“法国神学”指称清教所传承的加尔文主义，以“命数”、“运数”这样极具中国特色的词汇来翻译加尔文主义的神学术语，以及对爱德华兹三方面名声的概括等都有欠妥当。不过，张著以“伟大”一词形容爱德华兹，不仅指出其神学思想渊源、特征及代表作，还将其与但丁相提并论，对其文学风格的评价也算中肯。

事实上张著并非第一本中国人编写的美国文学史。早在 1922 年，曾虚白的《美国文学 ABC》即已面世。可惜的是，此书只字未提爱德华兹。其中原因下文将有分析。至于张著对爱德华兹的介绍，在随后十多年烽火连天的动荡岁月里也未能延续下来。50 年代以后，国内有关美国文学的研究有所恢复，但无论是 1955 年出版的《外国文学情况汇报》（第五辑：美、英文学情况特辑），还是 1958 年出版的译著《美国文学史》（克罗福特等著，中华文化出版事业委员会出版），都不再提及爱德华兹。这种情况一直延续到 80 年代。70 年代末和 80 年代初，国内出版的几种美国文学史著作仍然难觅爱德华兹的踪影，其中包括 1978 年由人民文学出版社出版的《美国文学简史》（董衡巽等著）、1980 年由中国人民大学出版社出版的《外国文学简编——欧美部分》（朱维之等著）以及 1983 年由黑龙江人民出版社出版的《美国文学名家》（宁倩著）等。直到 1985 年，英国人 M. 堪利夫所著的《美国的文学》一书得以在内地出版，国内研究者们才真正了解到北美殖民地时期较为完整的文学风貌，以及 20 世纪上半期美国文学界爱德华兹研究的概况。

不过，在港台地区，堪利夫上述著作的中文译本则早于 50 年代和 60 年代即已面世，其中台湾版最早在 1957 年由东方出版社推出，张方

① 张越瑞：《美利坚文学》，王云五主编，商务印书馆 1933 年版。第 19 页。

杰翻译；香港版则最早在1963年由今日世界出版社出版，1976年该社又出了增订版。此后，1975年此书由美国大使馆文化处再次在香港出版，1983年出第二版。[①] 在这本书中，堪利夫非常简略地介绍了美国学界在20年代和30年代对清教徒百般责难、却在随后突然转向对清教徒文学大加肯定颂扬的戏剧性过程，并且较为完整地勾勒出了整个北美殖民地时期清教徒文学的全貌。书中提到了众多当时著名的清教徒牧师及作家（包括爱德华兹），并对每个人的作品风格与局限做了简短评价。作者指出，转向后的美国学界认为，“就殖民时期的艰苦情形而言，新英格兰在文学上（如果把神学、历史、编年史、私人日记等均列入文学之范畴内）却有惊人的产量。特别是爱德华兹，被视为具有渊博学识的一个作家。”而对于这一突变，堪利夫自己的评价是：“反对清教徒的人过去对于清教徒的诋毁未免过火。但是，现在在相反的方向上亦略有偏袒之虞，当然其偏激远不若过去诋毁时之甚……美国的文学史家，在探索‘可用的过去’中，自然地要将他们的文学系谱，尽量地往前推溯，并坚持主张它的完整性。他们并欲建立一个清教精神的传统。在许多方面，他们对于殖民时期之文学作品的重作解释与估价，是很需要的。”[②] 不过，堪利夫在此书中明显倾向于文学本位的观念，因而对清教文学的总体评价不高，对爱德华兹尤其如此。他否认爱德华兹对后世美国文学有重要影响，对于其自身的文学成就，他也仅约略提到了《罪人在愤怒的上帝手中》和《意志的自由》等几篇文章。[③] 即便如此，鉴于此书对中国内地及港澳台的美国文学研究领域影响甚巨，在其之后，爱德华兹终于成为中国学者笔下一个较为常见的名字。

20世纪90年代以后，中国内地学界对于美国文学的研究日益兴盛，在不断涌现出的各类美国文学史著作中，越来越多的研究者开始关注爱德华兹。1990年出版的英文版《美国文学简史》（常耀信著）对

---

① 1985年，原来负责校订该书的中国对外翻译出版公司在北京推出该书中英文对照版本，大陆学者得以见其全貌。此即上段所述的大陆版本。

② 马库斯·堪利夫：《美国的文学》，张方杰原译，李培同增订，香港：今日世界出版社1976年版，第15页。

③ 同上书，第16、24页。

爱德华兹做了长达四页的介绍，除简述其生平及主要贡献外，还提到了他的许多作品，如《个人自述》、《罪人在愤怒的上帝手中》、《神圣事物的形象或影子》等。这部书应是中国学者较早较全面从文学角度介绍爱德华兹的。在它之后数年间出版的几本由国内学者撰写的美国文学史著作对爱德华兹的介绍均极简略，远不如此书。除此之外，20世纪90年代中国学界还翻译引进了不少西方人撰写的美国文学史，如彼得·B·海著的《美国文学掠影》（1992）、罗伯特·斯彼勒著《美国文学的循环》（1993）以及埃默里·埃利奥特主编的《哥伦比亚美国文学史》（1994）等，其中尤以《哥伦比亚美国文学史》最为重要。言其重要，不仅因其篇幅相对宏大，还因为对于中国读者而言，它第一次较为详尽地勾勒出了“大觉醒”时期美国宗教思想界复杂激烈的斗争状况以及相关的作品情况。有关爱德华兹的分析与介绍被置于这个时代大背景之下，在与同时代其他基督徒作家（包括其同道者和反对者）的比较中界定了爱德华兹的神学脉络、风格特点与历史贡献，使读者对美国历史上的这一独特时期以及作为这一时期重要人物的爱德华兹的历史地位及文学特色都有了较为全面的了解。①

进入21世纪，中国文学界对爱德华兹的研究兴趣明显提速，在某种程度上呈现出全面开花之势。文学史方面，台湾学者朱立民所著的《美国文学1607—1860：殖民地时代到内战前夕》于2000年面世。相比此前的诸多美国文学史著作，朱著主要依托于具体作品来分析爱德华兹作品风格和思想特色，因而显得更为切近生动、颇具说服力。比如他大段援引了《罪人在愤怒的上帝手中》（*Sinners in the Hands of an Angry God*）的英文原文，以说明“爱德华兹反复运用几个重要的字眼和比喻，好像用一把钉锤不断地打在听众的心坎上，几乎使他们换气都发生困难。……他一句紧接一句地逼上听众的心头，‘动人’的力量是无可讳言的。”② 与此同时，这一时期在大陆出版的各种美国文学史虽中英

---

① 参见埃默里·埃利奥特主编《哥伦比亚美国文学史》，朱通伯译，四川辞书出版社1994年版，第90—100页。

② 朱立民：《美国文学1607—1860：殖民地时代到内战前夕》修订版，台北：书林出版有限公司2000年版，第66—67页。

各异、繁简有别，但大多都会提到爱德华兹其人了。其中，2008 年在北京出版的《剑桥美国文学史·第一卷》中文简体版以前所未有的清晰度和系统性向中文读者介绍了爱德华兹的思想特质、语言艺术、美学成就及其对文学史的影响。与《哥伦比亚美国文学史》侧重刻画大觉醒时期牧师作家群像不同，剑桥版对爱德华兹的宗教生涯及其作品都给予了详细的梳理，并在此基础上着重分析了爱德华兹作品的文学特色与美学贡献，其中有一些界定对于中文读者而言是相当新颖的，比如该书称爱德华兹是一位“语言艺术家”，善于“运用自然意象将客观世界和神的世界结合在一起”；善于“用修辞丰富和情感夸张的语言力图找到合适的词语来表达他复杂的情感”，并称这种语言风格乃是“先验主义风格的先驱”。[①] 此外，该书还以较多的篇幅阐述了爱德华兹的美学思想，认为爱德华兹著作中极力赞叹世界之美的段落“会使他赢得文学理论家的头衔”。[②] 这些观点在相当程度上构成了今日中国学界对爱德华兹的主流认知。除此之外，近些年已涌现出一些从更为切近和微观的角度对爱德华兹文学贡献的研究，如内蒙古大学外国语学院的学位论文《从文体学视角及圣经影响探析乔纳森·爱德华兹布道词〈落在愤怒的上帝手中的罪人〉》和《对乔纳森·爱德华兹布道文圣经影响的文体学研究》等。

在文学领域之外，史学界和宗教学界按理是更应关注到爱德华兹的。然而由于历史与文化的原因，在 20 世纪 90 年代之前，这些领域对美国清教运动以及爱德华兹的研究也基本是乏善可陈。据四川大学历史系美国史组统计，在 1901—1949 年间，国内 17 种报刊上所发表的有关美国史的四千余条论文资料中，几无一条论及乔纳森·爱德华兹[③]；而在 1949—1982 年间，国内报刊上共计发表了五千余条有关美国史的研究资料，其中竟然也只有一篇是直接有关爱德华兹的，那就是陆凡于

① 萨克文·博科维奇：《剑桥美国文学史·第一卷》，中央编译出版社 2008 年版，第 286 页。

② 同上书，第 289 页。

③ 四川大学历史系美国史组：《美国史论文资料索引：1901—1949》，美国史研究会 1981 年出版。

1982 年在《文史哲》杂志上发表的《美国的清教徒及清教徒文学》一文。[①] 著作方面，1957 年版的《美国早期发展史：1492—1823》仅在第三章第三节（“美利坚民族的形成和英国殖民地间矛盾的加剧”）以区区两百字左右的篇幅提到“大觉醒运动”和爱德华兹，其中的评价如下：“爱德华兹是资产阶级的神学者，他不过是利用劳动人民反抗情绪，发动一种宗教革新运动而已。”[②] 这应该是当时具有代表性的观点：史学家们并非不知爱德华兹其人，而是由于宗教在政治经济为主导的治史观下实在并不重要，因而吝于笔墨；即便谈到，也囿于国族阶级之分不能对之做客观精准的评价。即便到了 90 年代，中文学界对美国史和基督教史的研究兴趣渐增，但关于“大觉醒运动”和爱德华兹的研究总体来说还是比较陈旧和欠缺的。例如 1992 年出版的《美国的崛起》在第五章第三节以整三页的篇幅简单勾勒了“大觉醒运动”的全貌，但是对爱德华兹的介绍不足半页，且作者对这一历史事件的评价仍然沿袭了黄绍湘著的观点，即认为“大觉醒运动”是一场资产阶级思想启蒙，是美利坚民族形成的一个重要因素。[③]

大致来讲，中文学界关于北美殖民地时期清教运动和爱德华兹的研究、特别是宗教学视角的研究自 21 世纪才开始进入真正起步的阶段。2001 年，国内出版了爱德华兹名作 *Religious Affections* 的第一个中文译本，名为《信仰的深情：上帝面前的基督徒禀性》。这也是大陆中文读者第一次有机会读到爱德华兹的代表作。同年，台北基督教改革宗翻译社亦推出此书的中文译本，名为《宗教情操真伪辨》；2003 年，台北又出现了一个赵中辉译本，名为《复兴真伪辨》，与此同时，香港学者余达心爱德华兹专论《感受圣灵大能的思想家——爱德华兹》面世。在内地与港台学界的联系越来越紧密的时代背景下，中国的宗教学界终于开启了对这位著名神学家的深度研究。自此以后，史学界和宗教学界陆续出现了一批以北美早期清教主义或爱德华兹本人为研究主题的期刊论

① 四川大学历史系美国史组：《美国史论文资料索引：1949—1982》，美国史研究会 1982 年版，第 324 页。

② 黄绍湘：《美国早期发展史：1492—1823》，人民出版社 1957 年版，第 163 页。

③ 参见黄安年《美国的崛起》，中国社会科学出版社 1992 年版，第 165 页。

文和学位论文，如《乔纳森·爱德华兹和第一次大觉醒》(2004)、《乔纳森·爱德华兹神学思想初探》(2008) 等。人们不再满足于仅仅将爱德华兹描绘为一个特定历史时期的重要人物、依靠历史背景的烘托以及与其他美国历史上重要人物的对比来突出其历史坐标，而是开始深入研究其复杂而独特的思想体系，研究主题日益细化，研究视角则日益多元化。2006 年，美国人海伦·霍西尔所著的《爱德华兹传》中译本面世，这是第一个中文版的爱德华兹传记；2012 年，另一部爱德华兹传记《复兴神学家爱德华兹》出版。借由它们，中文读者终于可以比较全面地了解这位美国史上重要思想家的成长历程、时代语境和思想风貌。2013 年，北京三联书店推出了 *Religious Affections* 的又一个全新中文译本，书名更改为更符合原意的《宗教情感》。这些论文和书籍的出版预示着未来中文学界关于爱德华兹的研究会朝着更加深入具体的方向发展。

二 影响接受史的诸因素

纵观上述爱德华兹在中国的接受史，以下几点结论是显而易见的：首先，相对于爱德华兹在美国思想史上的重要性以及美国在当今世界的重要性，中文学界对爱德华兹的了解和研究迄今为止都是非常不够的；其次，爱德华兹在历史中的首要定位显然是一位基督教神学家，他在 20 世纪中叶的美国学界获得崇高地位则主要是历史学家之功，然而在中国，最常论及爱德华兹的人却是文学史家和文学研究者。这种错位现象应该引起我们的思考；第三，如前所述，中国学界从 20 世纪 30 年代就曾关注到爱德华兹，但直到世纪末，对这位重要思想家的研究几乎是停滞不前的，个中原因也值得我们反省；第四，21 世纪以来，爱德华兹研究开始真正向全面、多元和深化的方向发展，但是就目前情况来看，问题还是很多的。比如：爱德华兹著作等身，但中文学界目前仅将目光锁定在他的 *Religious Affections* 一书上，且连续推出该书多个中文译本，这表明中文学界在理解爱德华兹思想方面尚存在巨大的盲区与困难。要想比较全面地了解这位思想家显然尚需时日；此外，就连在研究成果相对丰富的文学视角方面，关于爱德华兹的研究也还有众多重要的课题没有展开，包括爱德华兹对美国后世文学史的影响，爱德华兹的美学和文艺思想等。针对这些问题，本文以下将试图分析其原因，以便为未来的研究提供可行性建议。

（一）源文化主导性与接受时差

任何一种文化的跨国传播与接受过程都存在着一个时差问题，而源文化在其自身语境下的状态与命运也必然会影响到异域接受者的态度与最初的认知。20 世纪以来爱德华兹在中国学界的接受曲线其实是与其在美国学术界的命运、乃至整个美国文化在世界范围内的地位变化密切相关的。

19 世纪末 20 世纪初，伴随着大规模的西学东渐潮流，中国知识界逐渐熟悉了康德、尼采、黑格尔等西哲大贤的名字。爱德华兹的生活时代虽仅稍早于康德，但其思想在世界范围内的影响力显然不足与后者相较；更重要的是，其所依附的美国文化土壤在当时亦不可与如日中天的欧洲传统同日而语。相应的，在当时大多数的中国文学研究者眼中，美国文学充其量是欧洲文学的一条支流，其本身不具备独立的价值。曾虚白在其《美国文学 ABC》序言中就直截了当地表达了这一观点。[①] 然而第一次世界大战前后，伴随着美国国际地位的上升，这一看法渐渐发生了改变，特别是 1930 年，诺贝尔文学奖首次颁给了一位美国作家——辛克莱·刘易斯。这一事件彻底改变了中国人对美国文学的看法。1934 年，《现代》杂志推出长达 400 多页的“现代美国文学专号”，赵家璧、邵洵美等众多当时学界的重要人物担纲推介美国文学。在其《导言》中，编者热情洋溢地宣称：“在各民族的现代文学中，除了苏联之外，便只有美国是可以十足的被称为‘现代’的。……被英国的传统所纠缠住的美国是已经过去了；现在的美国，是在供给

① 参见曾虚白《美国文学 ABC》，世界书局 1929 年版，第 1—2 页。

着到二十世纪还可能发展出一个独立的民族文学来的例子了。”[①] 这与十年前的流行观点已经是天壤之别。不过，既标举美国文学为“现代”之榜样，不属于现代的爱德华兹自然无人理睬。然而这一事件所反映出的当时中国文学界对美国文学异乎寻常的热情足可以使我们理解，何以在中国，最早关注到爱德华兹的会是文学界人士；何以20年代的曾虚白著只字未提爱德华兹，而30年代出版的张越瑞著则对之进行了简要中肯的评介。

除上述文化因素外，美国学界爱德华兹研究的发展情况是影响中国接受的更直接因素。自中美开始“互看”的19世纪早期直至20世纪二、三十年代，美国国内主流学界对整个清教运动都是持否定态度的[②]，爱德华兹自然也无人喝彩；30年代以后，以哈佛大学的肯尼思·默多克（Kenneth Mur dock）、佩里·米勒（Perry Miller，1905—1963）和塞缪尔·莫里森（Samuel E. Moriso）为代表的一批学者开始为清教翻案，他们通过大量史料翔实、考据严谨的研究证明，早期清教徒的思想观念与生活方式对美国早期历史的演进及美国文化的形成均具有不可估量的积极作用。1949年，被后世誉为“清教思想研究之父”的佩里·米勒出版《乔纳森·爱德华兹》（*Joanthan Edwards*）一书。这是关于爱德华兹的第一本现代传记，它也标志着美国学界的爱德华兹研究进入了一个新纪元。50年代以后，尽管佩里·米勒及其所创立的“思想史学派”（intellectual history）清教研究也曾屡受质疑与诘难，但其所宣扬的基本信念（清教主义塑造了美国历史与文化）已经成为众所周知的常识，美国学界的爱德华兹研究也长盛不衰，几乎每年都会有相当数量的爱德华兹研究著作、论文或相关学术研讨活动面世。

然而美国清教研究的崛起正值中国战乱频仍之时。尽管这一时期中美关系相对密切，知识界的交流也十分频繁，然时局之下，中国人最关

---

① 《现代》第五卷第六期《现代美国文学专号》，1934年10月1日，现代书局发行，第11—12页。

② 参见张孟媛《美国清教研究百年述评》，载于《美国研究》2006年第1期，第134—136页。

心的是当代美国的政治、经济、军事、外交等要务，文化艺术议题已属少见，更遑论数百年前的一位宗教人物。因此直至60年代（港台）和80年代（大陆），中文学界才逐渐了解到当代美国学界对爱德华兹的评价；在此之后我们自己的美国史和美国文学研究才开始将爱德华兹视为一个应该关注的对象。不仅如此，在研究内容方面，中文学界的爱德华兹研究长期以来也基本是在追随西方学界的脚步，除前述个别最新研究之外，多数情况下都是在沿用其共识性结论，缺乏专门性、系统性、原创性的研究成果。

90年代初，爱德华兹当年的母校耶鲁大学启动“爱德华兹文集”工程。这项庞大的工程集合了欧美数十位相关学者、经过长期艰苦的努力，收集、抄录、修订、编撰并将最终出版所有爱德华兹的作品与资料，包括早已面世并饮誉世界的，也包括大量此前从未为公众所知的。毫无疑问，这项工程已经并将进一步奠定爱德华兹在美国文化中的地位，并推进全球学术界对这位美国本土最早、最重要的思想家的研究。在某种程度上，中国学界的爱德华兹研究在2000年以后的明显提速也是受到了这项工程的国际性影响力之辐射所致。

（二）意识形态恐惧症与接受领域

所谓意识形态，西语原义即（关于）“观念的学说”，即“所有想象、期望、价值或假设的总合”。[①] 在现实层面，由于观念或想象总是由特定人群及其特定诉求决定，该词遂带上强烈的政治色彩。马克思主义关于意识形态理论的经典表述将文学、历史和宗教均划归社会意识形态领域。众所周知，无论是明末清初以来基督教与中国文化的关系，还是第二次世界大战前夕至今的中美国家关系，无不深受意识形态因素的困扰。特别是基督新教的入华传教史与帝国主义侵华史同步，且二者间具有不可否认的事实联系，因而深受中国主流意识形态的排斥与敌视。建国以后，在更为强大、壁垒分明的政治意识形态主导下，要求学术界

① 关中：《意识形态与美国外交政策》，台北：台湾商务印书馆2005年版，第1页。

对一位敌对阵营的基督教神学家予以客观评价或加以赞辞都是不可想象的。前述1957年版的《美国早期发展史：1492—1823》中对爱德华兹的评价正是这种意识形态主导性接受的反映。在1978年版的《美国文学简史》中，我们同样深刻地感受到彼时意识形态主宰人文学术的力量。这本书通篇未提爱德华兹，不过从其字里行间我们很容易推断出它为何不提。此书严格按照阶级论和进步史观来描述和剪裁美国文学史，把罗杰·威廉斯和约翰·伍尔曼与科顿·马瑟之间所发生的不同清教派别的斗争定义为“北美民族资产阶级和劳动人民对英国殖民当局所进行的斗争在宗教上的反映”。[①] 书中提到爱德华兹时代著名的清教徒诗人爱德华·泰勒（Edward Taylor，1645—1729）时贬抑态度十分明显，而对于该时代另一位大名鼎鼎的清教徒——富兰克林，该书则没有提及其清教徒身份，而是将他作为北美民族资产阶级的进步典型，以专门一节的篇幅予以介绍，赞扬他“一生奋斗的历史，从一个侧面反映了北美新民族不断觉醒和争取解放的过程。”[②] 依此逻辑，既不以诗才名世、又身为宗教保守势力领袖的爱德华兹自然不堪一提。

尽管同属社会意识形态领域，文学艺术由于罩着一层特有的审美外衣，较之历史与宗教，其意识形态性可以不表现得那么明显而直接。这大概是过去将近一百年的时间里，中国学界对爱德华兹的介绍与研究在文学领域表现较为集中的主要原因。比起研究爱德华兹如何将洛克认识论与基督教宇宙观相结合、如何运用和改造加尔文主义的双重预定论来达到促使信徒“觉醒”的目的，向中国读者描述和界定此人的文体风格、语言技巧和文学成就显然要容易和安全得多。

另一方面，文学视角的爱德华兹接受也与“泛文学”观念有关。众所周知，无论是在西方还是中国，都存在着历史悠久的“泛文学”观念。“文学”之“文”可泛指一切以文字写就的作品。故古代中国论“文”之作通常都是诸体皆备、文笔兼收，曹丕的《典论·论文》、刘勰的《文心雕龙》，莫不如是。现代意义上的“文学作品”只是其中一

① 董衡巽等：《美国文学简史》，人民文学出版社2003年版，第6页。

② 同上书，第14页。

类或几类而已。西语情况类似。英文“literature”一词源于拉丁词*literatura / litteratura*，意为“用字母书写”，可泛指一切以文字写就的文本或文献。西方在18世纪才发展出“美的艺术”的概念，用以包括五种不以实用为目的、单以审美为要义的艺术门类，其中一类是“诗歌”；自19世纪后期开始，欧洲文坛唯美主义、象征主义风潮相继而起，各种形式主义文论纷至沓来，“纯文学”观念方成主流，并于20世纪初影响到中国文坛。因此在20世纪的中美文学界，都存在着“泛文学”观与“纯文学”观并存的现象，而研究者持何种文学观对于爱德华兹这样的研究对象来说往往具有决定性的意义。前述默多克和米勒二人都是哈佛大学英语系的美国文学教授，却能因深研清教史而成为“思想史学派”的创始人，显然他们秉承的是文史不分家的“泛文学”观；而在中国，曾虚白作为第一位写作美国文学史的学者，之所以在其《美国文学ABC》中只字未提爱德华兹，除受当时流行观念的影响，其所持“纯文学”观也是一个重要原因。曾著所介绍的第一位美国作家是华盛顿·欧文（Washington Irving，1783—1859）。在他看来，欧文之前的美国根本没有值得一提的文学，殖民时期的文学“只是开垦的记录，政治和宗教的历史，没有幻想，没有情感，因此没有真正称得起伟大而有价值的文学作品。”① 很显然，曾秉持的是以“幻想”和“情感”为要义的纯文学观念，爱德华兹的作品在他看来是属于宗教的，与文学自然无甚干系。相反，张越瑞著之所以能瞩目于爱德华兹，也是拜其“泛文学”观所赐。事实上这种情况在80年代以来中文学界的美国文学研究中亦表现得十分清楚，大凡论及爱德华兹的文学史著作均表现出“泛文学”史观，注重一切具有文学审美特质的文献与作品，视之为文学史的当然组成部分；而那些崇尚纯文学的论者史家则大多对爱德华兹这样非职业作家的作品不屑一顾。

一般而言，“纯文学”观有着比“泛文学”观更深的意识形态恐惧症，因为所谓对“纯”文学的追求，很多时候正是为了要保护文学的审美特质不受意识形态因素的伤害，正如俄国形式主义批评家什

---

① 曾虚白：《美国文学ABC》，世界书局1929年版，第2页。

克洛夫斯基所言:“艺术永远是独立于生活的,它的颜色永远不反映城堡上空的旗帜的颜色。”因而从某种意义上也可以说,“纯文学”观正是意识形态恐惧症的深度表现之一。从五四运动开始,20世纪中国文学界一直深受意识形态的影响与困扰,相应地亦在20、30年代和80年代兴起过两次“纯文学”思潮以示抵抗。而无论是意识形态主导下的文学还是“纯文学”观念主导的文学,均不会对爱德华兹这样一个资产阶级保守派神学家青睐有加。这应该就是20世纪中文学界的爱德华兹研究始终徘徊在偶有提及状态、难以深入持久的主要原因。

(三)文化的深层差异与接受误读

20世纪90年代以后,伴随着改革开放与思想解放的深入,中国文学界基本摆脱了意识形态决定论的束缚,而比较文学学科的强势复兴也极大地开拓了外国文学研究视野、促进了文学与其他人文学科之间的交叉研究。在此语境下,历史学和宗教学领域的爱德华兹研究也明显提速。不过,就笔者浅陋之见,目前方兴未艾的爱德华兹研究尚存在诸多问题,其中最主要的问题是:中文研究者们多囿于学科界限,未能实现在文学、历史与宗教等多个视角融会贯通的视域中研究爱德华兹的思想与文本特征。

鉴于爱德华兹在美国历史中的地位,全面深入的爱德华兹研究必然会呈现出文学、历史与宗教哲学交相辉映的局面。首先,爱德华兹是一位清教神学家,是一力促成清教运动在北美新大陆复兴的重要人物,享有“最后一位清教神学家”和“清教徒王子”的美誉。他的一生著述与功业无不与其宗教信仰密切相关,正如他新近的一位传记作者所说的那样:“要理解爱德华兹的生活,就必须认真按照他自己的主张来对待他的宗教观”[①]。因此,宗教学视角是任何关于爱德华兹的研究所不可

① 乔治·M.马斯登:《复兴神学家爱德华兹》(上),董江阳译,中国社会科学出版社2012年版,第4页。

缺乏的；其次，我们也必须意识到，爱德华兹最为重要的历史功绩之一，即对美国文化精神或美利坚民族性格的形成所起到的奠基性作用，并不仅仅体现在宗教领域。事实上，在爱德华兹生活的时代，北美殖民地的宗教敬虔氛围已经大大减弱，追求享乐的世俗化趣味在年轻人中盛行。这也正是他不遗余力鼓吹“大觉醒”的原因。在他身后，伴随着美国独立建国的成功，本杰明·富兰克林所代表的务实、进取、开疆拓土的世俗化人生成为美国梦的经典写照。但是，严守宗教戒律、倾心灵性生活的爱德华兹路线并没有消亡，而是以文学的方式传承下来，成为美国精神史中最为独特的部分，其中最常为人们提及的就是“超验主义”和浪漫主义文学对爱德华兹思想的承继关系。换言之，爱德华兹之所以成为美国历史上的爱德华兹，文学是一个重要的转化因素，不能不加以重视；再者，就爱德华兹个人的著述而言，最具文学价值、为人津津乐道的除了著名的布道词《罪人在愤怒的上帝手中》，还有他早年所作《自述》、《神圣的影像》等文。这些文章或风格鲜明、意象奇特，或文笔优美、情感充沛，但其所表达的思想内涵唯有从宗教角度方可理解。因此，即便是对爱德华兹的文学解读也离不开对其所处清教思想传统、乃至整个基督教文化的把握。

概言之，爱德华兹的身上非常典型地体现出了文学与宗教互为依存、彼此成就的密切关系。

然而，由于文化传统的巨大差异，中文研究者要全面深入地理解爱德华兹的神学思想并非易事。如前文所述，迄今为止中文宗教学界移译的爱德华兹著作仅有 *Religious Affections* 一部，其中爱氏名作如 *The Nature of True Virtue*、*Freedom of the Will* 均尚未有全译本。而 *Religious Affections* 的不同中文译本差异甚大，其中亦反映出中文学界在译介和阐释基督教思想时的一些困难。就拿书名中“Religious”一词来说，大陆的两个译本分别译成了“信仰（的）”和“宗教（的）”。按字面或词典意义来看，这个词当译为中文的“宗教”。《信仰的深情》版本在《编者说明》中也曾提到 *Religious Affections* 一书，并直接译为《宗教感情》，但为何最终在封面将译本书名定为《信仰的深情》，译者没有做特别的说明。倒是在 2013 年三联译本《宗教情感》的《译后记》中，译者就“宗教”一词的含义做了一个很长的说明，指出“在本书中，不仅‘宗教’一词所涵盖的范围与今天的世俗理解有差别，而且其含义本身也相当不同”[①]，今天的“宗教”一词多指外在的维度，如敬拜行为、礼仪传统、组织结构等，而爱德华兹此书中的 religious 更多地包含了宗教的内在维度，如内心的敬虔情感、信仰体验、启示与拯救等。这大概也是前一个译本将此词译为“信仰”的原因。事实上这一译名差异反映的正是圣经宗教体系在进入中文语境时所常常遭遇的一个老生常谈的问题：宗教学者们早已意识到，最早源自于日本的“宗教”一词就其在中文语境下的内涵及外延而言，与西方亚伯拉罕宗教体系相去甚远。具有多神论和非启示性民间信仰传统、并在儒家文化熏陶下十分注重社会伦理关系的东亚文明并不像亚伯拉罕宗教那样极其强调内心的虔敬以及个人与信仰对象之间的垂直关系，因而爱德华兹反复论说的、“大觉醒”运动的核心要素：religious affections，对于绝大多数中文读者而言都是一种需要特别小心努力去理解的东西。

另一方面，即使是从文学视角，中文学界目前对爱德华兹的研究也还相当薄弱。《从文体学视角及圣经影响探析乔纳森·爱德华兹布道词〈落在愤怒的上帝手中的罪人〉》和《对乔纳森·爱德华兹布道文圣经影响的文体学研究》是笔者目前仅见的两篇专研爱德华兹布道词文体风格的文章。两文虽研究范围有广狭之别，但基本都从意象、隐喻、类比、象征乃至语句的停顿、重复等方面分析爱德华兹布道词的文体风格与效果，并特别强调了圣经对后者的影响。两文共同的缺憾之处在于，它们都没能详辨爱德华兹的神学思想、尤其是加尔文主义信念对其布道文的影响。除此之外，还有一些研究美国文学的论文和著作注意到了爱德华兹对美国后世文学的影响，比如程虹在其博士论文《自然与心灵的交融》中提到了爱德华兹“把自然与上帝及人的心灵融为一体的大胆设想，他对自然景物的神奇想象力，他在描写自然景物时所运用的比

① 乔纳森·爱德华兹：《宗教情感》，杨基译，生活·读书·新知三联书店 2013 年版，第 314 页。

喻象征手法，依然影响着后人。”① 论及美国超验主义与浪漫主义文学的文章更是经常需要提到爱德华兹的影响。不过很显然，在这些研究成果中，爱德华兹均不是主角。关于爱德华兹的文学成就以及他对美国文学的影响，中文学界目前还没有系统全面的研究。

综上所述，爱德华兹研究目前仍是摆在中文学者、特别是比较文学学者面前的一项十分有意义、又十分艰巨的任务。其意义在笔者看来突出表现在以下两个方面：首先，鉴于爱德华兹已被公认为美国精神的一个奠基性人物，深入研究其思想必将使我们对美国的精神传统和民族性格有更为深入和全面的理解；其次，在当下，处于重要社会转型期的中国知识界正在形成有效复兴传统文化、积极构建健康的精神文化与民族性格之共识。当此时，将爱德华兹作为一个重要案例，深刻剖析一种古老的思想传统如何被卓越的思想家处境化、并以适宜的方式成为民族精神的重要养分，应该具有某种借鉴意义。在此项研究中，比较文学学者之所以可望有所作为，是因为如前所述，文学本就是过去中文爱德华兹研究最为集中的领域，而相较于单纯的文学史，比较文学所特有的跨学科、跨国际视野更有助于学者们对爱德华兹展开宗教、文学与历史等多个领域交汇融合的研究。如前所述，后者应是未来爱德华兹研究的主要方向。

主要参考文献：

1. 曾虚白：《美国文学 ABC》，世界书局 1929 年版。
2. 张越瑞：《美利坚文学》，王云五主编，商务印书馆 1933 年版。
3. 黄绍湘：《美国早期发展史：1492—1823》，人民出版社 1957 年版。
4. 马库斯·堪利夫：《美国的文学》，张方杰原译，李培同增订，香港：今日世界出版社 1976 年版。
5. 黄安年：《美国的崛起》，中国社会科学出版社 1992 年版。
6. 埃默里·埃利奥特主编：《哥伦比亚美国文学史》，朱通伯译，四川辞书出版社

① 程虹：《自然与心灵的交融》，中国社会科学院外国文学研究所 2000 年博士论文，第 12 页。

1994 年版。

7. 朱立民:《美国文学 1607—1860:殖民地时代到内战前夕》修订版,台北:书林出版有限公司 2000 年版。

8. 董衡巽等:《美国文学简史》,人民文学出版社 2003 年版。

9. 萨克文·博科维奇:《剑桥美国文学史·第一卷》,中央编译出版社 2008 年版。

10. 乔纳森·爱德华兹:《宗教情感》,杨基译,生活·读书·新知三联书店 2013 年版。

中国博物志传统的误读与重审

黄　悦*

Abstract Chinese tradition of Bowuzhi experienced several changes during the long period in history, especially in the Han and Jin Dynasties, being oppressed by the orthodox of Confucian while self-marginalized. The tradition of Bowuzhi combination with the tradition of "talking of strange", which turned out to be one of the sources of literary narrative. But the value of Bowuzhi does not lies in literature only, on the contrary of western tradition, we can sum the core in three points: all things are related in a mysterious way, human body as the centre of universe, the Isomorphism of human and universe. This should be taken as important principle during the construction of Chinese heritage system.

Keywords Bowuzhi; literary narrative; nature history

"博物志"这个词通常被等同为西文之 nature history，这其实是一个内部充满张力的组合。有研究者认为"这个词暗示两个层面的共存——nature 暗示分类的层面，即自然排列（或人工创造物）的范围，

* 黄悦，北京语言大学比较文学与世界文学专业副教授，文学博士。

history 则暗示自然（或）人造物在时间中的传记层面。”[①] 但在中国传统的认知体系中，博物志既不是一个线性的时间概念，也没有逻辑和科学分类意识主导；这个传统既不入经史正典的行列，又不同于散落民间的草根文化。在那种散点的、体悟式的、渗透性的、看似漫不经心的追求中究竟有何深意？本文试图从博物学的概念和中国本土的知识传统之间的张力入手，做一点探索。

一 著名的误读

认识博物学和博物志观念中所体现出的中西认知体系之间的差异可以从一次颇具盛名的误读入手，这次颇有意味的误读恰可作为中西博物学观念差异之极端缩影。福柯所著的《词与物》一书的开头引用了博尔赫斯书中关于中国的一段引文：

> 博尔赫斯作品的一个段落，是本书的诞生地。本书诞生于阅读这个段落时发出的笑声，这种笑声动摇了我的思想（我们的思想）所熟悉的东西，这种思想具有我们的时代和我们的地理的特征。这种笑声动摇了我们习惯于用来控制种种事物的所有秩序井然的表面和所有的平面，并且将长时间地动摇并让我们担忧我们关于同与异的上千年的作法。[②]

福柯的笑声背后是对这种异质分类方式表示了彻底的不理解。福柯接着引用了博尔赫斯转抄的某部中国古书中关于“中国某部百科全书”的分类：

---

① 约翰·V. 皮克斯通：《认识方式：一种新的科学技术和医学史》，上海科技教育出版社 2008 年版，第 10 页。

② 福柯：《词与物——人文科学考古学》，上海三联书店 2001 年版，第 12 页。

> 这部百科全书写道：动物可以分为：一、属皇帝所有的；二、有芬芳香味的；三、驯顺的；四、乳猪；五、鳗螺；六、传说中的；七、自由行走的狗；八、包括在目前分类中的；九、发疯似的烦躁不安的；十、数不清的；十一、浑身有十分精致的骆驼毛刷的毛；十二、等等；十三、刚刚打破水罐的；十四、远看像苍蝇的。[①]

当然，福柯不懂中文，他所引用的这段文字并非直接引自中国古籍，而是出自阿根廷作家博尔赫斯的《约翰·威尔金斯的分析语言》一文，在任何一个接受过现代科学训练的人看来，这都是一部令人惊叹的百科全书，因为其分类方式与现代人所熟悉的逻辑格格不入。

回到博尔赫斯的作品之中来看，在博尔赫斯的笔下，约翰·威尔金斯的构想代表着西方思想的主导倾向，一种在语言和事物之间建立联系的理性方法。“他把万物分成四十大类或种类，然后下分中类，再下分为小类。每大类以两个字母的单音节命名，每个中类为一个辅音字母，每个小类为一个元音字母……”威尔金斯的设想，意味着依靠人造的语言来给整个世界赋予秩序的努力。博尔赫斯本人对这一做法表现出深刻的怀疑，后面这段关于中国大百科全书的引用，正是作为异质性的材料而提出的。[②] 在博尔赫斯看来，人类为自然分类的行为本质上都是徒劳，他以此强调西方之外认知秩序的合法性。据考证，博尔赫斯此处所引的乃是西晋张华所著《博物志》。《博物志》一书由西晋张华所撰，是一个民间知识分子的自由创作。据说张华嗜书博学，所谓“天下奇秘，世所稀有者，悉在华所，由是博物洽闻，世无与比。”而这部书的性质也与众不同，在古代的分类体系中，它的分类也并不确定，比如《晋书》、《隋书》将其列入杂家类，而《唐书》则进入小说家类，至《宋史》复归于杂家类，清修《四库全书》又移于小说家琐语之属，今人又将其称为“地理博物体志怪小说集”。[③] 因此，其中的内容，从中

① 福柯：《词与物——人文科学考古学》，上海三联书店2001年版，第12页。

② 柯遵科：《博尔赫斯与科学史》，载《民主与科学》2011年第3期。

③ 《博物志新译》，张华著，祝鸿杰译注，上海大学出版社2010年版，前言部分。

国知识分类体系中来看，应该属于典型的博物志。有趣的是，当笔者试图从今本《博物志》中找到这一对应的章节和分类法时，却陷入迷茫之中。博尔赫斯要引用的究竟是什么书？他的这种创造性的误读从何而来？究竟是博尔赫斯引错了书还是有意如此？

这一问题还必须从博尔赫斯那里去找答案。如果置于博尔赫斯对中国的整体想象之中来看，他多次模糊指涉的“中国百科全书”显然带有隐喻的色彩，甚至是一种带有象征性的原型。对于博尔赫斯这样一个富有想象力又一直工作在分类严明的图书馆的作家来说，他在这种丰富和异质性面前加入了自己的理解和想象。比如“中国百科全书”意象在小说《代表大会》中再次出现：“我记得我怀着崇敬的心情抚摩一套绢面的中国百科全书，那些笔力遒劲的版印文字比豹皮的花纹更神秘。”[①]《代表大会》描述的是人类希望从混乱中创造秩序的努力，然而最终还是归于失败。在《小径分岔的花园》中，也出现了一部中国百科全书：“我认出几部用黄绢装订成的手抄书，那是明朝第三代皇帝下令编纂的失传的百科全书，从来没有印刷过。”[②] 西方“百科全书”的发明体现了启蒙主义试图建立与宇宙一样庞大理性世界的愿望。然而百科全书的野心恰恰显示了人类思想的丰富和局限，即便是今天瞬间更新、不断增殖的维基百科这样的动态知识库也有自身局限。在博尔赫斯看来，百科全书犹如文字的迷宫，因此中国百科全书与中国迷宫是一种一体的想象，博尔赫斯试图用强烈的异质性来暗示人类理性的普遍困境，同时也表明了博尔赫斯对中国这个遥远国度的臆想性认识：模糊、不规则而丰富。[③] 博尔赫斯曾写道：“在欧洲人眼里，世界就是个宇宙，万物在其中各得其所，各司其职；在阿根廷人眼里，世界是一片混乱。”但他对这种秩序和混乱的叙述却超出了科学理性的范畴。他认为如果说“长城”是“中国”绵延于空间的一种表征，那么“书”就是

---

① 博尔赫斯：《博尔赫斯全集·小说卷》，王永年等译，浙江文艺出版社1999年版，第407页。

② 博尔赫斯：《博尔赫斯文集·小说卷》，海南国际新闻出版中心1996年版，第134页。王永年译本将“百科全书”作“《永乐大典》”。

③ 参见姜攀《博尔赫斯的中国想象》，中南大学硕士学位论文，2011年。

“中国”绵延于时间的表征。在博尔赫斯的中国叙述中，基于自身的阅读和想象，“一方面，他试图将中国表现为可以用西方思维去理解，有相同的特质；另一方面又因为他对神秘主义的偏好而将中国的神异性夸大，塑造了‘非我’的形象。”博尔赫斯对于“中国百科全书”中动物分类方法的描写将他者区别于自我的西方认知结构，是对于启蒙时代“百科全书”概念的反讽。因而，回到博尔赫斯所创造的文学迷宫之中来看，《小径分岔的花园》中像迷宫一样未完成的小说、《皇宫的寓言》中复杂的迷宫似的宫殿——通过这些不为西方人熟知的中国形象，博尔赫斯试图完成他对西方理性传统的解构。博尔赫斯充满想象力和误解的阐释其实是想表明：中国特有的体系性知识的建构，与西方的形而上学传统之间存在巨大分歧。

从这一点来看，福柯对于博尔赫斯的引用可谓歪打正着，但仍是西方文化谱系中东方想象的一部分，因而这种几经转手的引用本身就掺入了接受者本身的前理解和想象，因而与原本语境中的内涵相距甚远。如果我们相信博尔赫斯原本引用的是《博物志》，那么此类文本在中国文化语境中究竟出于什么样的位置？中国的古人如何分类、命名、如何在意义和符号之间建立关系，并且在看似客观的叙事中表达背后的观念体系？站在今人的立场上，借助文化人类学的视野重审这种认知体系，对于修复我们与历史的关系意义重大。

二　中西视野中的博物概念及其发展

英文中的 Nature History 来源于拉丁文的 Naturalis historia，有时也被翻译为“自然史”。普林尼发表于公元 77—79 年的 37 卷著作被视为这一传统的早期经典。在很多场合 Nature History 经常被误译为“自然史”，其更恰当的对应概念应当是“博物学”，即采集事实、描述命名、分类编目的科学。其中 History 源自拉丁语的 Historia，即研究、调查、探寻，而并非通常所称“历史”的意思。这种博物学的概念最初深刻地受到基督教思想中上帝造世观念的影响。世界是由上帝创造的，因此人们的任务不过是将这些成果发现、以合适的方式排列，这种做法在很大程度上是对上帝荣耀的证明，因此博物学原本很受教会支持，很多早期博物学家都是传教士出身。在启蒙主义、理性主义的改造和强化下，博物学最终成了孕育现代科学思想的沃土：植物学、动物学等很多学科都是从博物学中分化出来的。在经过现代科学主义的洗礼之后，博物学与原始思维之间又被划定了潜在的关系。比如，有学者指出："博物学是人类最原初的知识形态，基于对自然的最基本的认知、观察、命名、归纳，是人类与自然相处的本能方式。从原始思维的意义上，人类本能地采用拟人的、类比的、想象的方式，将自然视为主体，视为生命即认为那些和现代科学模式不同的分类体系都属于前现代的、原始的、本能的。"[①] 这种观念在当代科学主义的主张下进一步加强，在科学家的眼里，分类的模式与认知的水平直接相关，进入了基因研究的时代，所有的医学、生物学甚至心理学问题似乎都可以于基因层面获得新的统一。基因工程将生命的多样性还原为四种核糖核酸的排列组合，数字技术将声光电感受描述为二进位数字，面对这个被不断化约、不断专业化的世界，以博为专长，只到物的层面的博物学已经被彻底挤出了科学研究的视野，进入了尘土堆积的档案馆。

但这种思维的原始—现代二元划分本身就不恰当，当代学者已经对基于接触律和相似律的原始思维学说进行了反思，其中一个重要的方面就是基于文化多样性的基础，反对以单一标准概括人类的分类标准和思维模式。本文试图对照西方"博物志"的概念来重新审视中国上古认知体系的建立。人类学家认为认知是重要的步骤，而认知的方式本身却受到特定时空条件的限制。除了思维方式本身变化的影响之外，欧洲的博物志模式的盛行与航海业的发展有很大关系，探险者和商人带回来的数量巨大的奇特事物以"标本"般的形式陈列组合，如何将这些外来事物与原本的认知结构相协调成了一个重大问题。今天的博物志或博物学的理念更多的是一个西方概念，早期的博物学无非是对异域事物的拥

① 田松：《博物学：人类拯救灵魂的一条小路》，载《广西民族大学学报》（哲学社会科学版）2011 年第 33 卷第 6 期，第 51 页。

有、识别、展示。至少到 17 世纪，西方的博物学仍是一个普通术语，人们认为它是事实的登记簿，是对世界上存在物的汇编。人们对它的兴趣来自占有的乐趣和智力上的较量。“一直到 18 世纪最后几十年，有组织的大型科学考察活动并不常见。在那之前，欧洲的外地博物学标本大部分都是直接或间接通过海洋贸易活动而获得的。远洋商船，或满载银条、咖啡、糖和烟草横越大西洋而来，或运着香料、瓷器、茶叶与丝绸绕过好望角而来，也常常载着从各地买来的珍奇动植物、在外国港口的商店发现的有趣化石或蜥蜴皮、航行途中获得的古怪鱼类、在离家万里之遥的海滩上拾到的贝壳，以及其他许多数不清的新奇玩意儿。这些稀奇古怪的东西，后来有的可能进了大人物的珍物陈列柜，有的可能进了博物馆，有的则可能被载入像丰伯爵或基歇尔这样的博物学家的渊博著作之中。”[①] 到了 19 世纪时，博物学更是欧洲科学界的显学，其脱胎换骨成为近代以来知识体系的基础，进而成为压倒性的科学话语的基础，实际与帝国主义的全球扩张有直接的关系，甚至被概括为所谓的“科学帝国主义”[②]。中国学界对博物志问题的研究和反思主要从三个方面展开，第一是从科学史的角度，第二是从思想史的角度，第三是从中外文化交流史的角度。笔者以为从认知人类学入手或许是一个有效的途径。

三 中国的博物学及其特点

在中国传统的经史传统之外，向来就有一个丰富多彩的志的传统。在中国的文本传统中，志原作誌，所谓“誌，记誌也。”（《说文新

① 范发迪：《清代在华的博物学家：科学、帝国与文化遭遇》，袁剑译，中国人民大学出版社 2011 年版，第 3—4 页。

② 作为一个描述性概念用以强调现代科学和帝国主义扩张之间可能的共生共谋关系。从思想史和文化史的角度反思西方博物学对中国文化传统的挑战与融合的具体分析，可以参见范发迪著的《清代在华的博物学家：科学、帝国与文化遭遇》（袁剑译，中国人民大学出版社 2011 年版）。其中对 19 世纪欧洲博物学在进入中国之初与中国传统思想/知识世界的“文化遭遇”的分析颇为深入，所反映出的恰恰是一种知识体系在异文化土壤中碰撞与融合的典型情景。

附》)，或“誌，记也。”(《字诂》)，可见这本来是一个表示记录的词。本意强调的是对事物的客观描述，或者记录。这里的事物包括各种动物、植物、矿物、山川河流乃至自然现象，但后来其意义侧重于对主流知识覆盖范围之外的洞悉和展示。这种看起来像某种文体标志的说法，原本强调的是对事物的客观描述和记载，但后来却被排除在经史正统之外，成为记录怪异事物的特指，如志异、志怪。[①] 其与正统之间保持着微妙的张力，既不是完全的背离，也不被纳入其中。也恰恰是这种张力才赋予了这个概念强烈的人类学蕴含。“博物”在先秦的语境中是君子人格的一个必要组成部分。在孔子的时代，博物是君子的必修课，乃是了解天道的一部分。甚至到了汉武帝的时代，东方朔仍然以博物之素养享有美名。那么后来它何以成为“异数”、“补充”和“末流”？它背后的文化编码体系是怎样的？何以会发生这种转变，这样一类知识究竟如何产生、流传、发展是笔者想探究的主要问题。

从中国文化的语境来看，博物的传统从先秦就已经具有一定影响，到后来却因为与儒家所确立的正统观念不同而被限定于“奇怪之事”的特定范围内。《尚书·洪范》中的分类就带有博物志的意味。曰：“初一曰五行，次二曰敬用五事，次三曰农用八政，次四曰协用五纪，次五曰建用皇极，次六曰乂用三德，次七曰明用稽疑，次八曰念用庶征，次九曰向用五福，威用六极。”庞朴先生认为，这代表了当时人们对世间万物进行分类的努力，他们认为只要这样分类，就可以把世界分析清楚、条理化，就可以认识天下万物。[②] 如果按照今天的科学分类法来看，这种分类简直毫无秩序可言，因为其中时空混杂、自然和人造物不分。但是，时人并不认为这是杂乱无章的。他们坚信其中有重要的秩序，更重要的是，这种分类是符合天地造化和天人感应规律的。如果说这是中国博物观念的早期形态的话，其中有思维模式起源的萌芽。

到《山海经》中，这种博物志的特性表现得更为明显。这种形式

---

① 关于中国“博物”概念和博物志这种文体的详细分析，参见彭兆荣《此“博物”抑或彼“博物”？这是一个问题！》一文，原文见《文化遗产》2009 年第 4 期。

② 庞朴：《中国文化十一讲》，中华书局 2008 年版。

感上的整齐成熟并没有带来相应内容上的改变，其中的内容仍然令今人费解。[①]《史记》对于邹衍的记载中，有一段话很值得注意，司马迁说他“乃深观阴阳消息，而作怪迂之变，《终始》、《大圣》之篇十余万言。其语闳大不经，必先验小物，推而大之，至于无垠……”[②] 司马迁的这番评价暗含对阴阳术士的贬抑，而这种价值判断主要是出于儒家不语怪力乱神的主流价值观。尽管认为其所言“不经”，但却客观指出了齐地方士式的思维方式的一大特点，即由小而大，以至于无垠。这种论述技巧的背后正是普遍联系、高度同构的整体性世界观。《史记》中的这一记载透露出，至少在西汉，对主流知识体系有意识屏蔽的怪异乱神之事就有特定的思维方式主导，这种被从经史中努力排除的思维方式从哪里还可以看到呢？在古代典籍中被称为杂家的著作或可作为参考。

被归为杂家的一类，其实与博物志最为接近。《吕氏春秋》和《淮南子》被看作是秦汉时代知识和思想的集大成者，这两部集合当时文化精英编著而成的著作在当时具有百科全书式的价值，也正因为其思想庞杂、难以归类，故而都被归入“杂家”。二者之间的思想联系已多有论述，从表象上来看，二者都体现了秦汉帝国的时代精神，即努力以特定知识框架对宇宙万物进行分类、综合与分析。但其中最重要的精神乃是为自然万象和人类活动之间寻找对应关系，即所谓天人感应的系统。《淮南子》中的推类思想更体现出理性思维与神话思维相互交织的特点，其重点是说明人事与天意之间神秘的互动关系，不仅天意可以主宰人事，人之精诚也可以通天。其中《览冥》就是专门论述此类思想的一章。关于《览冥》篇名，高诱注曰：“览幽冥变化之端，至精感天，通达无极，故曰‘览冥’，因以题篇。”[③] 冥即幽冥，览冥即深入内部观察体会事物之间精妙的内在联系。《览冥》开篇就举出了一连串的例子来说明这个道理：

---

① 关于《山海经》特别是《海经》部分的博物志性质之论证，参见刘宗迪《怪物志、本草修辞学以及福柯的笑声》，载《古典的草根》，生活·读书·新知三联书店 2010 年版，第 248—283 页。

② 司马迁：《史记》卷七十四，中华书局 1982 年版，第 2344 页。

③ 刘文典：《淮南鸿烈集解》，中华书局 1989 年版，第 191 页。

昔者，师旷奏白雪之音，而神物为之下降，风雨暴至。平公癃病，晋国赤地。庶女叫天，雷电下击，景公台陨，支体伤折，海水大出。夫瞽师、庶女，位贱尚葈，权轻飞羽，然而专精厉意，委务积神，上通九天，激厉至精。由此观之，上天之诛也，虽在圹虚幽间，辽远隐匿，重袭石室，界障险阻，其无所逃之，亦明矣。①

这些接近于民间传说的故事与神话混杂在一起，共同论证人与天之间的感应关系。这种感应关系可以通过灾异、疾病或者其他自然现象表现出来，其深层根源在于早期萨满—巫文化中神秘联系的观念。在这种推类感应的神话思维观照之下，现实的伦理观念与神话的神圣法则之间并没有明显的界线。除此之外，《说山》、《说林》的立篇之旨也暗含着以比附和推类的方式来进行说理的意味。高诱注《说山》二字曰："山为道本，仁者所处；说道之旨，委积若山，故曰'说山'，因以题篇。"② 而关于《说林》，高诱曰："木丛生曰林，说万物承阜，若林之聚矣，故曰'说林'，因以题篇也。"③ 之所以取山和林为像，就是因为他们是累积而成，可见《淮南子》的作者们并不强调万物之间的差异性，而是强调其互相转化内在相通的关系，从而根据这种关系强调一种不断积累的认知和道德修养过程。

除了《淮南子》之外、关于同类相感的思想，在其他秦汉时代的思想著作中也阐述得较为充分。《吕氏春秋》、《黄帝内经》、《春秋繁露》等也搜集了大量不同事物的感应事例，以此论证天地万物之间存在着复杂而神秘的联系。《吕氏春秋》说："类固相招，气同则合，声比则应。"④ 提出同类事物之间存在着合应关系。《吕氏春秋》中还列举了大量的具体感应事例，比如《季秋纪·精通》讲到月与阴类事物的感应关系云："月也者，群阴之本也。月望则蚌蛤实，群阴盈；月晦则

① 刘文典：《淮南鸿烈集解》，中华书局1989年版，第191—192页。

② 同上书，第520页。

③ 同上书，第554页。

④ 《吕氏春秋》，《诸子集成》（第六册），上海书店1991年版，第127页。

蚌蛤虚，群阴亏。夫月形乎天，而群阴化乎渊。”[①]《吕氏春秋·有始览》又进一步列举了自然界中其他同类事物之间的感应现象，其云：“鼓宫而宫动，鼓角而角动。平地注水，水流湿；均薪施火，火就燥。山云草莽，水云鱼鳞，旱云烟火，雨云水波，无不皆类其所生以示人。”[②]《吕氏春秋》对同类事物感应现象的罗列条目在《淮南子》中得到进一步扩大。《淮南子》的《天文》、《览冥》、《泰族》等篇在对自然事物细致观察的基础上，对存在于同类事物之间的神奇感应关系作了记录。其《天文》载：

> 毛羽者，飞行之类也，故属于阳。介鳞者，蛰伏之类也，故属于阴。日者阳之主也，是故春夏则群兽除，日至而麋鹿解；月者阴之宗也，是以月虚而鱼脑减，月死而蠃蛖膲。火上荨，水下流，故鸟飞而高，鱼动而下。[③]

又曰：

> 物类相动，本标相应。故阳燧见日，则燃而为火；方诸见月，则津而为水。虎啸而谷风至，龙举而景云属，麒麟斗而日月食，鲸鱼死而彗星出。蚕珥丝而商弦绝，贲星坠而勃海决。[④]

又《淮南子·览冥》曰：

> 夫物类之相应，玄妙深微，知不能论，辩不能解，故东风至而酒湛溢，蚕咡丝而商弦绝，或感之也。画随灰而月运阙，鲸鱼死而彗星出，或动之也。[⑤]

---

① 《吕氏春秋》，《诸子集成》（第六册），上海书店 1991 年版，第 92 页。
② 同上书，第 127 页。
③ 刘文典：《淮南鸿烈集解》，中华书局 1989 年版，第 81 页。
④ 同上书，第 82—84 页。
⑤ 同上书，第 194—195 页。

由以上论述可见，纷乱无章的自然现象都被整合进了这个同类感应的体系。并且，在此类论述中，所有的现象看似没有规律的排列，实则分为自然与人的活动两类，对自然的描述和分类始终着眼于人与自然的关系，这也是天人神话最终得到光大发展的途径。

时人以同类相感、万物相通为基本结构的目标在于为其天人感应理论张本。而其主张天人同构并不是为了对天人作简单的比附，而是意图为其体道实践开辟途径：既然同类的事物之间存在着相互感应的关系，由天人同构就必然推导出天人同类，这样势必引导出人的行为必须取法天地的结论，从而造成无为主张的神话基础。在他们看来，天地与人一样也是一个有机的生命系统。天地是一个巨大的有机体，人则是生存于这个天地生命系统之内的具体而微的生命系统。在这两种有机体之间无时无刻不在进行着物质的、能量的交流与感应。值得注意的是，这种天人感应的思想在两个不同的方向上得到了充分的发展，其一是在社会政治伦理的方面，以《淮南子》和后来董仲舒的论述为代表，强调人的行为受到天意之限制和监督，构成了汉代政治理论的重要组成部分。这一点经由汉代人的发挥，以谶纬为极端形式，最终成为经学传统的一部分。如《淮南子·泰族》曰："故圣人者怀天心，声然能动化天下者也。故精诚感于内，形气动于天，则景星见，黄龙下，祥凤至"[①]。《淮南子·天文》云："人主之情，上通于天，故诛暴则飘风，枉法令则多虫螟，杀不辜则国赤地，令不收则多淫雨。"[②] 无不体现出这样的特点。其背后的统一逻辑是：虽然天有其意志与规律，但人的行为却是其做出反映的原因，所有的福祉和灾害都是上天对人世政治表示的嘉许或惩戒。与董仲舒相比稍有不同的是，《淮南子》更接近早期道家的观念，较为强调个人的自我修养，《本经》曰："是故明于性者，天地不能胁也；审于符者，怪物不能惑也。故圣人者，由近而知远，而万殊为一。

① 刘文典：《淮南鸿烈集解》，中华书局1989年版，第664页。

② 同上书，第84页。

古之人同气于天地，与一世而优游。”① 而董仲舒更强调的则是天之意志的强大。

与此类着眼于社会伦理政治的天人感应思想不同，早期道家天人感应思想中侧重于物质、能量的方面则被道家、医家运用于日常体道、养生实践中，为中国古代各种养生方术的建立提供了理论基础。这是天人感应神话注重于个人养性修身的第二种指向。《黄帝内经素问》载述的一种四时养生法就在兼顾天地与人两种生命有机系统的运行状态时，着重强调二者之间的协调同步。他们所谓的协调主要是指人体对天体的顺应，此即体现了道、医二家在养生学方面的天人合一思想。这种思想在《黄帝内经》中得到了系统的表达，《素问》曰：

> 春三月，此谓发陈。天地俱生，万物以荣。夜卧早起，广步于庭，被发缓形，以使志生，生而勿杀，予而勿夺，赏而勿罚，此春气之应，养生之道也。逆之则伤肝，夏为寒变，奉长者少。
>
> 夏三月，比为蕃秀。天地气交，万物华实，夜卧早起，无厌于日。使志无怒，使华英成秀，使气得泄，无厌于日。若所爱在外，此夏气之应，养长之道也。逆之则伤心，秋为咳，奉收者少，冬至重病。
>
> 秋三月，此谓容平，天气以急，地气以明，早卧早起，与鸡俱兴，使志安宁，以缓秋刑，收敛神气；使秋气平，无外其志，使肺气消，此秋气之应，养收之道也。逆之则伤肺，冬为飧泄，奉藏者少。
>
> 冬三月，此谓闭藏，水冰地坼，无扰乎阳。早卧晚起，必待日光，使志若伏匿，若有私意，若已有得，去寒就温，无泄皮肤，使气亟夺，此冬气之应，养藏之道。逆之则伤肾，春为痿厥，奉生者少。②

---

① 刘文典：《淮南鸿烈集解》，中华书局1989年版，第249—250页。

② 郭霭春：《黄帝内经》，天津科学技术出版社1999年版，第72页。

此所论人体小系统春之养生之道、夏之养长之道、秋之养收之道及冬之养藏之道都是依据大自然春生、夏长、秋收、冬藏等四时节律来制订，目的在于使人体小系统与天地大系统协调一致。《素问·阴阳应象大论》曰："上古圣人，论理人形，列别藏府，端络经脉，会通六合，各从其经，气穴所发，各有名；溪谷属骨，皆有所起；分部逆从，各有条理；四时阴阳，尽有经纪；外内之应，皆有里。"① 这又是通过人体与地理现象的比附来论证其结构；另外，对天人结构的这种类比还表现出精确化的特点。《黄帝内经·素问·三部九候论》以一至九等九数为天地构成的关键数目，认为人身与天地一样也体现了类似的数目结构。其曰：

> 天地之至数，始于一，终于九焉。一者天，二者地，三者人，因而三之，三三者九，以应九野。故人有三部，部有三候，以决死生，以处百病，以调虚实，而除邪疾。②

此段强调一至九的数目结构，对天人同构思想作了独特的诠释。《素问·八正神明论》："月始生，则血气始精，卫气始行；月廓满，则血气实，肌肉坚；月廓空，则肌肉减，经络虚，卫气去，形独居。"③《灵枢·岁露》曰："人与天地相参也，与日月相应也。故月满则海水西盛，人血气积，肌肉充，皮肤致，毛发坚，腠理郑，烟垢著，当是之时，虽遇贼风，其入浅不深。至其月郭空，则海水东盛，人气血虚，其卫气去，形独居，肌肉减，皮肤纵，膝理开，毛发残，焦理薄，烟垢落，当是之时，遇贼风，则其入深。"④ 这则是通过将日月盈仄作为人体变化的外在参照系来将人纳入到庞大的自然体系之中，从而为人体病理提供解释。此处所述人体之结构已涉及人体内部的胆、肺、肝、肾、心等脏器及人的取舍与喜怒等情感因素。从以上分析可以初步看出，从

① 郭霭春：《黄帝内经》，天津科学技术出版社1999年版，第83页。

② 同上书，第87页。

③ 同上书，第121页。

④ 同上书，第23页。

先秦以至于汉晋之际的博物志传统具有以下几个特点：

第一，中国传统博物志的一个核心是“化”而非“异”，强调的是宇宙万物内在相通、互相转化的关系。这种化，包含了万物之间的内在联系的直觉性把握。但这种以“化”为核心的认知模式与社会阶层逐渐形成，“名”“礼”的上升开始挤压这种直觉式的散漫思维，因而其并没有进入主流的意识形态系统。

第二，秦汉时代博物志传统的核心是天人感应，其在根本上没有摆脱以身体为中心的分类方式和思维模式，而这种以人为核心与西方近代以来所强调的物我二分，以人为主体、物为客体的认知体系有所不同。这种以人为中心、以身体为认知模型的思维方式，其实构成了中国式思维的重要特征，即整体性、注重变化与和谐，并且潜在地为“天人感应”“天人合一”的思想完成了材料积累和准备。

第三，博物志与经史传统的分路出现在先秦，完成于汉代。孔子在论述诗的社会功能时也曾经提出诗的认知和教化的功能，“多识夫鸟兽草木之名。”从《山海经》等开始的述异的传统在主流文化之外发展不绝，到了西晋的《博物志》时，这种思维方式已经自觉同经史子集的系统划清源流，最终汇入叙事传统之中。

主要参考文献：

1. 刘文典：《淮南鸿烈集解》，中华书局 1989 年版。
2. 博尔赫斯：《博尔赫斯全集·小说卷》，王永年等译，浙江文艺出版社 1999 年版。
3. 郭霭春：《黄帝内经》，天津科学技术出版社 1999 年版。
4. 福柯：《词与物——人文科学考古学》，上海三联书店 2001 年版。
5. 约翰·V·皮克斯通：《认识方式：一种新的科学技术和医学史》，上海科技教育出版社 2008 年版。
6. 张华原著，祝鸿杰译注：《博物志新译》，上海大学出版社 2010 年版，前言部分。

跨文化交流视野中的费正清研究*

张喜华**

Abstract As a prominent Sinologist, historian and political figure in America, John Fairbank devoted his whole life to the studies of Chinese history, culture and Sino-US relations. Due to his political stance and ideological differences in a particular historic context, he was once regarded as an unpopular or annoying person in the United States, Chinese mainland and Chinese Taiwan. However, he advocated cultural diplomacy rather than military force to resolve international disputes. His positive evaluation of People's Republic of China and calm rational thinking of Chinese society helped to promote the development of Sino-US relations. His enormous English writings about Chinese history and culture helped the world better accept and understand China and Chinese culture, and therefore enhance the wide dissemination of Chinese history and culture in the world. John Fairbank should be viewed as a great cross-cultural messenger, as he noticed cultural diversity, respected differences with a pluralistic, open and tolerant attitude towards heterogeneous cultures. His cross-cultural communication attitude is

* 本文属于国家社会科学基金项目“战后中国题材英语作品的跨文化研究”（10BWW023）阶段性成果。

** 张喜华，北京第二外国语学院比较文学与世界文学专业教授，文学博士。

certainly worth learning and research nowadays.

Keywords cross-cultural communication; Fairbank; cultural messenger

费正清（John Fairbank，1907—1991）是美国的中国问题研究专家、美国现代中国学的开拓者、哈佛大学终身教授，早年就读于威斯康星大学麦迪逊分校、哈佛大学，1929 年前往牛津大学攻读博士学位，研究英国的对华政策与英中关系。[①] 在牛津，他开始学习汉语并积极申请来华。1931 年费正清来中国，结识了梁思成、林徽因、胡适、蒋廷黻等众多中国文化名人。1936 年，费正清回到牛津，获得博士学位后，开始在哈佛大学历史系任教，首创中国研究课程。[②] 1942 年至 1946 年期间，费正清先后受聘于美国情报协调处和美国新闻署驻华新闻处，两度来华工作。1955 年费正清创建哈佛大学东亚研究中心，并任主任一直到退休。在他的领导下，哈佛大学东亚研究中心成为东亚研究的重镇，他本人也成为美国的中国研究领军人物。为了纪念他的杰出贡献，1977 年哈佛东亚研究中心更名为费正清东亚研究中心，2007 年又更名为费正清中国研究中心，专事中国研究，可见费正清开创的事业影响之深远。

一 毁誉参半的费正清

费正清的毁誉并存的生涯可以追溯到 1941 年，当时他应邀加入了战略情报局研究和分析处（这一机构被认为是美国特务机构），成为美国外交政策的实际参与者。1942 年，费正清被情报协调局的研究和分析处派往重庆，搜集日本和中国的战争情报。同时，也负责在中国购买资料，他还是“大使的特别助理”，这使他能够享有外交护照，拥有与

---

① 费正清：《费正清自传》，天津人民出版社 1993 年中译本，第 10—26 页。

② 陶文钊：《费正清与美国的中国学》，载《历史研究》1999 年第 1 期。

中国官员打交道的官方身份。此外，他的妻子费慰梅进入了美国国务院文化关系司，该部门在中国的主要目标是促进与中国的交流，向中国大学提供教科书和科学仪器，与中国学术界加强联系。费正清成为这一项目的最佳联络官。[①] 1945 年，其妻受命前往重庆，他也申请前往重庆，担任陆军情报局驻华办事处主任威廉·霍兰德的助手。后来美国新闻处取代了陆军情报局，总部设在上海，费正清又成为美国新闻处的实际负责人。美国新闻处的工作包括提供美国图书、影片等文化交流活动，建立无线电通讯网，开展富布莱特奖学金等文化交流活动。在华工作的经历，使他对中国人民在国民党统治下的苦难和中国人民的诉求有了切身体会，“使他的感情、学识和作为一个历史学家的洞察力，与中国动荡的时局息息相关。”[②] 他对中国形势的判断和对美国政策的看法有了更多自己的领悟。作为美国对华政策的参与者，他对美国对华政策有了更加切合中国实际的判断，这一时期，他对中国的概念、美国的政策、自己的作用等方面的态度发生了“根本的转变”。[③] 他对中国时局的理解更加老练，也积累了接触美国政界的人脉关系，从此更加积极地参与到美国对华政策的讨论中。在此后的中美关系中，由于意识形态差异，由于各种力量的此消彼长，费正清的态度和立场一直在改变和调适，政界、学界和民间对他的评价可谓众生杂陈。

费正清是一位颇具争议的复杂人物，他既是政要，又是学者，更是一位跨文化交流者，在特定的历史时期，他往返于中美两国之间，其跨文化交流者的身份在中美两方面都经历了一些尴尬境遇，一会是讨嫌人，一会是使者。由于他重实证而轻理论，其学术观点经常会发生微妙的变化，也招致了学术界乃至社会上的种种批评和责难。尽管今天他对中美关系的很多评论已经成为美国学界和政界的主流观点，但在相当长的时期里，东西方不同的政治集团都把他看作是讨嫌人。20 世纪 50、60 年代，因为批评美国在中国内战期间的政策，费正清在国内受到忠

---

① 保罗·埃文斯：《费正清看中国》，陈同、罗苏文、袁燮铭、张培德译，上海人民出版社 1995 年版，第 84 页。

② 同上书，第 80—81 页。

③ 同上书，第 106 页。

诚调查。60 年代，因为主张打破美国与中华人民共和国的隔绝状态，承认中华人民共和国，支持中华人民共和国在联合国的席位，费正清在中国台湾饱受批评。因为他代表美国利益，对共产主义持批判态度，反对美国放弃台湾，费正清在中国内地也成了讨嫌人。亲国民党和仇视共产的人士称他是“披着学者外衣的共产党同路人”；苏联说他是“资本帝国主义的辩护士”；中国说他是“美帝国主义的第一号特务”。

尽管饱受责难，费正清一直积极倡导中美关系的发展，致力于推动美国的中国研究，最终美国和中国海峡两岸都认可他是客观评价中国的专家，是推动中美沟通的文化使者。费正清被视作讨嫌人和文化使者都源于他积极评论美国对华政策，积极推动美国对华关系的发展，与当时身处中美关系发展的时代背景密切相关。他所遭受的批评反映了中美交往由于意识形态不同所导致的文化冲突，及美国介入中国统一问题所导致的文化交流障碍。对他的评价由讨嫌人到文化使者的转变，反映了中美摆脱意识形态差异进行跨文化交流的过程。费正清的很多经历既得益于其人格魅力，也证明了他对中美两国加强文化理解和交流的正确判断。无论褒贬，费正清都表现出了史学家的稳健、理性和淡定，坚信历史研究应该满足国家需要，史学家不应该止于象牙塔，他见证历史、记录历史，并且参与历史、创造历史的史学态度使他不甘心只对历史进行追溯，而是要担当美国对华政策的积极评论者和参与者。

二　讨嫌人费正清

第一，费正清一度在美国成为讨嫌人。

日本侵略中国期间，很多在中国生活或工作过的美国人号召美国人支持中国。为了唤醒人们的支持，国民党的专制和独裁的事实被有意忽略了。在美国“中国问题已经成了一个道义问题，主要的是唤起人们的良心，而不是什么事实。”时任明尼苏达州议员的周以德（Walter Henry Judd）组织了“不参与日本侵略委员会”，号召同情中国的美国人支持维护国民党事业的美国政策。该委员会支持“自由中国”，使一些美国人误以为国民党就代表着“自由中国”。[①] 费正清出于美国的国家利益，反对日本侵略中国，主张美国采取积极的亚洲政策。[②] 他认为美国支持的所谓“自由中国”并不是国民党独裁专制的中国，他对美国人关注和支持名不副实的“自由中国”感到非常失望。

作为历史学家，他曾试图从中国独特的文化去解释国民党的独裁。他在课堂上教导学生，作为一种文化，中国文化具有独特性，有落后的一面，也有优越的一面，学生们应该了解世界上的问题在不同的文明中会有不同的解决方法。但是，来到中国工作后，他认为这种态度只会为国民党开脱，只会纵容国民党的专制。费正清的这种思想变化使他不再拿中国文化的独特性来为国民党统治的不力开脱。中国当时的情形使费正清确信国民党没有能力带领中国走向现代化，他认为美国既要扩大与国民党人的交往，也要扩大与共产党人的交往，这样才能最大限度地实现美国的国家利益。关于国共之间的斗争，他认为：“这一斗争是在两种生活方式之间进行的，也是在各政治集团之间展开的，而未来无疑是属于共产党运动的。我们还是不要试图去阻挠它的发展为好。通过帮助中国人发展生活，我们能为中国做很多的事……就让反动派去自掘坟墓好了。”[③] 对中国文化的了解和与知识分子的接触使费正清认识到，国民党的官员缺乏儒家所需要的治国者必须要有的高洁品质。现实主义的分析更使他体会到国民党缺乏带领中国走向现代化的执政能力。作为自由派知识分子的费正清更加痛恨国民党对不同政见者的压迫。随着对国共两党的深入了解，费正清理解了共产党领导的中国是中国人民的选择，国民党的失败是咎由自取，美国当时对华政策的错误是不愿意承认共产党领导的中国，而不是对国民党的支持不够，这是他当时在美国成为讨嫌人的缘起。

1946 年 7 月费正清结束了政府任职回到哈佛，基于对美国对华政策的更深刻理解，他开始公开发表文章、进行演讲以影响公众，并积极

---

① 费正清：《费正清自传》，天津人民出版社 1993 年中译本，第 201—203 页。

② 保罗·埃文斯：《费正清看中国》，陈同、罗苏文、袁燮铭、张培德译，上海人民出版社 1995 年版，第 76 页。

③ 同上书，第 113—114 页。

联系政府以推动政策建议。1948年，国民党正在节节败退，美国“院外援华集团”加强对国民党的支持，以避免中国共产党取得胜利。1948年4月，美国国会通过“援华法案”，11月，驻华美军顾问团得出结论，除非美国直接出兵干涉，否则国民党难挽败局。这种情况下，国民党认为美国援助不力，共产党认为美国企图奴役干涉中国，美国国内也有两种不同看法。在这种形势下，费正清出版了第一部专著《美国与中国》，旨在表达对中国形势和美国对华政策的看法。该书是费正清的成名之作，奠定了他在美国中国研究界的地位。书中，费正清承认中国共产党力量的日益增长和民众对它的欢迎，认为中国正在经历一场思想上和传统上的革命。中国共产党是中国民族主义和马克思主义结合的产物。① 费正清旨在说明中国的历史和现实问题决定了中国人民的选择，国民党的失败是因为政治专制、经济腐败，美国的干涉只会增加中国人民的痛苦，加深中国人民对美国的仇恨，加深中美两国人民的隔阂。美国只有了解中国，才能理解中国的革命，背离这种潮流并不符合美国的利益。但费正清的呼吁难以获得美国公众理解。在国民党退守台湾后，美国右翼人士从“冷战”的全球战略出发，主张继续保持同国民党政府的外交关系，而费正清则积极敦促与中华人民共和国建交。1949年11月，他公开声明：支持国民党政权弊大于利。②

1950年朝鲜战争爆发，中国政府派志愿军入朝作战，中美进入对抗状态。当时，在美国国内，国会议员麦卡锡声称美国存在很多共产主义间谍，很多人都被指控为“间谍”或“亲共分子”，美国进入“麦卡锡时代”。费正清主张通过接触和文化渗透来对抗共产主义的影响，在当时的形势下，这种观点难以得到认可。费正清被冠以“亲共分子”的名头而接受调查，被《时代》杂志称为“共产党中国的一个老牌辩护者”。③ 在当时美国的氛围下，这种指控无异于叛国。越战爆发，美

① 保罗·埃文斯：《费正清看中国》，陈同、罗苏文、袁燮铭、张培德译，上海人民出版社1995年版，第122页。

② 邓刚：《费正清评传》，天地出版社1997年版，第92—93页。

③ 保罗·埃文斯：《费正清看中国》，陈同、罗苏文、袁燮铭、张培德译，上海人民出版社1995年版，第184—187页。

国声称：攻打越南是为了防止中国革命模式蔓延。费正清最开始表示支持，认为“冷战”需要美国一定程度上对中国保持遏制。但是，随着战争久拖不决，随着美国国内反战情绪的发酵，费正清认为中国“是坚定的孤立主义者”，而不是“苏联式”的扩张主义者，中国并没有积极传播自己革命模式的企图，应该与中国保持交往，而不是去遏制中国。他还根据对中国文化的了解提出：美国的遏制只会激起中国的反抗，美国对越南的介入就如同介入中国内战一样是“灾难性的，无结果的”，“不会取得胜利的”。1965 年，美国右翼又发动了“谁丢失了中国?”的讨论，费正清因为主张美国与中华人民共和国建立外交关系，被国会议员称为代表中华人民共和国的“红色中国院外活动集团”的成员。1969 年 10 月，费正清在《纽约时报》著文，提出为了摆脱美国国内政治危机，需要做出外交和对外政策上的让步。他认为只有与中国接触，才能最终解决越南问题。中国在国际舞台上与美国针锋相对，在原则问题上据理力争，法国、英国等西方国家出于自己的国家利益与中国建立了外交关系，美国国内感到了研究中国的需要。1966 年，费正清进入美中关系全国委员会计划委员会，国务院邀请他任职“东亚和太平洋事务局顾问小组”，这意味着他在经受 14 年的调查后，在美国国内不再被视为讨嫌人。①

第二，费正清在中国台湾被视为讨嫌人。

对国民党的批判使他成为台湾国民党眼中的讨嫌人。费正清观点的形成来自于 20 世纪 30、40 年代在华学习和工作时对国民党的深刻认识。30 年代在华学习时，费正清对中国的政治现实毫不乐观，他认为蒋介石和国民党无法改造中国社会，而且具有“法西斯”倾向和种种罪恶行径。② 来华工作后的见闻更加深了费正清对国民党的负面评价，他评论说国民党政府是“一个政治小集团，寄希望于用工业化作为他们终身权力的一种工具，并带着社会保守思想和向后看更甚于紧跟上时

---

① 保罗·埃文斯：《费正清看中国》，陈同、罗苏文、袁燮铭、张培德译，上海人民出版社 1995 年版，第 306—307 页。

② 同上书，第 32 页。

代的观念去紧紧地掌握政权。"[①]

费正清在40年代接触了龚澎、郭沫若、周恩来等共产党人，他不认可共产主义信仰，但是在国民党专制的情况下，共产党人代表着反对极权的力量，同时，龚澎和乔冠华等人的品格符合费正清对自由知识分子判断的外在标准，"会说英语，受过美式教育，具有正直的品行、动员民众支持的能力和乐观的精神。"[②] 1946 年 9 月，费正清在《大西洋月刊》(*Atlantic Monthly*) 上撰文"我们在中国的良机"(Our Chances in China)，认为美国在内战中支持国民党是不明智之举。这篇文章也在中国国内引起广泛反响，被中国国内反对内战的夏衍等各方人士广为引用。[③] 费正清对共产党人有着一定程度的赞赏，他当时持有稍微偏左一点的自由主义观点，对共产党人有同情，对自由知识分子极为关心，对国民党则心存疑虑。费正清站在自由知识分子的立场，批评国民党的政策，认为美国在中国内战中不应该支持国民党，因此，在台湾，费正清被视为"亲共"的美国学者。在费正清接受忠诚调查的情况下，台湾的《中央日报》也刊载费正清曾经加入共产党的指控。[④] 60 年代，费正清质疑国民党在台湾压制民主，不相信台湾能够代表中国。1960 年，费正清一家在台湾访问了 7 周。他评论说，国民党"正在同时朝着民主主义和极权主义的方向发展"，他看到了当地台湾人越来越多地参与选举的机会，但也看到了军事耗费巨大、反击大陆前途渺茫、压制民主的事实。他评论支持国民党的人是既得利益者，是利益集团的忠实维护者。[⑤]

对中华人民共和国的支持和认可使他成为台湾政界的讨嫌人。费正清促使美国改变对华政策，承认中华人民共和国，支持中华人民共和国进入联合国，费正清被视作台湾当局的"讨嫌人"。在 1965 年到 1970

---

① 保罗·埃文斯：《费正清看中国》，陈同、罗苏文、袁燮铭、张培德译，上海人民出版社 1995 年版，第 98 页。

② 同上书，第 113 页。

③ 费正清：《费正清自传》，天津人民出版社 1993 年中译本，第 389—340 页。

④ 邓刚：《费正清评传》，天地出版社 1997 年版，第 96 页。

⑤ 费正清：《费正清自传》，天津人民出版社 1993 年中译本，第 77 页。

年，在台湾有几十本专著和文章对费正清的历史和学术观点进行批判，费正清成为美国中国研究界的一个明显的靶子。[①] 1966 年，在富布莱特的推动下，美国国会外委会举行对华政策听证会，包括费正清在内的很多中国问题专家都受邀参加，他们都坚信中华人民共和国不会对美国构成严重威胁。台北新闻界猛烈谴责费正清等专家支持美国与北京来往，认为这是一种背信弃义的行为。[②] 仅在 1968—1969 年，台湾便出版了《费正清集团在台湾的大阴谋》、《毛共与费正清》等 6 部大部头著作对费正清的学术活动进行批判。[③] 1972 年费正清再度到台湾旅行，他观察到国民党不再自称代表整个中国，他主张美国应该根据实际的情况来灵活解决台湾问题。[④] 1977 年费正清最后一次访问台北，由于他赞成正式承认中华人民共和国政府，台北当局认为他的观点会加剧台北与华盛顿的关系破裂，许多曾经熟悉的台湾学者都避免与他接触。[⑤] 台湾的《中央日报》上有 9 位先生发表声明，警告人们提防费正清的亲共倾向，很多学者不愿意或迫于压力取消了与费正清的会面。有 200 多人参加的会议上，台湾学者和费正清公开辩论。报纸上刊出 50 多封针对费正清的批评信。[⑥]

他赞成与中华人民共和国直接谈判，在对美国有利的条件下承认中国外交，支持中国进入联合国。他主张应该说服蒋介石放弃“光复大陆”的不切实际的想法，接受美国对北京的承认，放弃联合国席位。[⑦] 费正清的这种政治观点被视为对台湾不利，所以 1950 年到 1980 年期间，费正清赴台湾访问，很多时候都会遇到嫌恶他的人，费正清在台湾

---

① 保罗·埃文斯：《费正清看中国》，陈同、罗苏文、袁燮铭、张培德译，上海人民出版社 1995 年版，第 314 页。

② 费正清：《费正清自传》，天津人民出版社 1993 年中译本，第 302 页。

③ 同上书，第 557 页。

④ 保罗·埃文斯：《费正清看中国》，陈同、罗苏文、袁燮铭、张培德译，上海人民出版社 1995 年版，第 365 页。

⑤ 保罗·柯文、默尔·戈德曼：《费正清的中国世界——同时代人的回忆》，朱政惠、陈雁、张晓阳译，东方出版中心 2000 年版，第 193 页。

⑥ 费正清：《费正清自传》，天津人民出版社 1993 年中译本，第 558—559 页。

⑦ 保罗·埃文斯：《费正清看中国》，陈同、罗苏文、袁燮铭、张培德译，上海人民出版社 1995 年版，第 217 页。

一度成为众人避之唯恐不及的讨嫌人。

第三，费正清在中国内地一度成为讨嫌人。

作为美国的自由知识分子，公开表示对共产党的支持违背费正清的信念。在内战中作为美国的外交官，他必须代表美国利益，站在美国官方立场处理中国问题。费正清好友杨刚的弟弟杨潮被国民党逮捕，在狱中受虐致死。费正清作为新闻处的负责人提出抗议，没有结果。他同情郭沫若领导的在杨潮葬礼上的抗议活动，但拒绝在葬礼上讲话。当时他的知识分子朋友闻一多等参加了联大10名教授联合署名呼吁国民党结束“一党专政”的请愿。费正清认可这种观点，但仍然支持马歇尔调停，保持政治局面稳定，他反对以武力支持国民党，也只是为了不降低“美国的信用”。[①] 费正清模棱两可的态度和处理中国问题上时不时含糊的立场使他在中国内地被称为“美帝国主义的头号特务”。[②]

正如费正清概括“我们在亚洲所做的错事似乎是命运决定的，而我不明白这是为什么。这笔目前的交易是如此不可思议的愚蠢和有害，以至一切似乎很难保持明智。”[③] 这种矛盾性也反映在费正清的思想和行动中。他反对蒋介石，但由于意识形态原因对共产党也持一定程度的拒斥和批判。中美进入隔绝状态时，费正清支持美国与共产党中国接触的观点摇摆不定。朝鲜战争期间，他赞成对中国进行遏制。[④] 台湾问题上，他放弃了早前反对美国介入国共两党斗争的观点，支持动用第七舰队保护台湾。他开始辩护说台湾是保持远东战略平衡的力量，是在中国人价值观中试验西方价值观的“活的实验室”。如果放弃台湾将会危及日本，将会动摇亚洲地区其他美国盟友的信心。1958年，他在给《纽约时报》的信中呼吁在外交、军事以及思想、文化方面与台湾积极交

---

① 保罗·埃文斯:《费正清看中国》，陈同、罗苏文、袁燮铭、张培德译，上海人民出版社1995年版，第109—112页。

② 王新谦:《对费正清中国史观的理性考察》，载《史学月刊》2003年第3期。

③ 保罗·埃文斯:《费正清看中国》，陈同、罗苏文、袁燮铭、张培德译，上海人民出版社1995年版，第115—116页。

④ 同上书，第150页。

往。《美国与中国》再版时对国民党的批判减少，而对共产党的批判增多。[①] 他的观点代表的是美国利益，虽然承认一个中国的原则，但支持大陆与台湾的隔绝状态，因而不受大陆欢迎，自然在大陆被视为“讨嫌人”。费正清几次申请访问中国，都没有得到中方批准。由于历史局限，《美国与中国》在大陆出版之时，正值中国“文化大革命”特定历史时期。第二版出版前言中写到此书是“适应美国帝国主义侵华政策的需要，是专门研究中国和中美关系的著作之一……作者站在帝国主义的立场，哀叹1949年的中国人民革命的胜利是美国的一次惨重失败，千方百计为美国的对华政策炮制新的侵略方案。”[②] 正因为费正清在中国历史特殊时期对各方所持的态度有褒有贬，甚至游走不定，他被当时的各种政治力量都视为“讨嫌人”。

三　文化使者费正清

费正清的一生来往于中美两国之间，以中国历史、中国文化和中美关系为研究对象，尽管他的中美生涯遭受了来自不同层面的批判，但是，从实证的立场来考察费正清的中美交流，他中美跨文化交流使者的作用是不容忽视、值得研究的。在中美文化交流、中美外交关系、中美人民之间的相互理解方面，费正清的文化交流使者身份主要有如下体现：

第一，他主张通过文化外交来促进中美关系。

在“冷战”时期，在意识形态纷争阶段，费正清一直在思索中美之间的合作与交往，他认为美国对中国的遏制与孤立政策是基于恐惧和不理性的产物，主张在承认差异的基础上，扩大同中国的交往，以学术交流和文化交流为内容的文化外交是他为促进中美交往而力推的途径。费

① 保罗·埃文斯：《费正清看中国》，陈同、罗苏文、袁燮铭、张培德译，上海人民出版社1995年版，第204—216页。

② 费正清：《美国与中国》（第二版），孙瑞芹、陈泽宪译，商务印书馆1973年版，前言第1页。

正清一向认为美国必须更深地参与中国教育，加强与知识分子的交流，文化外交的益处超过军事和科技交流。1937 年，他在哈佛大学组织了“为中国捐书”的运动，募集到书籍和期刊运往南迁的中国大学。1942 年费正清在关于“文化关系策略”的报告中重申中国是美国的价值观与其他价值观冲突的战场，而扩大文化交流有利于维护美国利益，所以他想在中国实现“文化沟通”的理想。1949 年之后的 20 年间，中美之间处于对抗状态。但费正清一直认为中美友好将有利于双方与世界，他从未停止中美交往的推进工作。费正清认为中国和美国的命运是互相联结的。他认可美国式的价值观：民主、自由、法治，但认为中国共产党代表了中国的价值观，适合中国。中美文化属于异质文化，文化间存在一定矛盾或冲突是在所难免的，他认为“学者好比是交往、竞争战略中的前线战士”，学者们的文化交往可以使美国完成“对中国尚未完成的革命”。[①] 当然，费正清这里提到的使命可能有特殊的内涵，但是异质文化间一旦有了接触，有了对话，必定会增进了解，化干戈为玉帛的前景是存在的。在当下的中美文化交流中，彼此的文化有了更多的包容、理解和接受，这也进一步证明费正清当时推行文化外交的前瞻性。

第二，他对新中国积极正面的评价和冷静理性的思考有助于推进中美关系的发展。

总体说来，费正清对中华人民共和国的积极评价多于消极评价。他认可中国共产党领导地位的合法性。他认为“在 28 年充满考验和艰难的通向执政的道路上，中国共产党获得了创建新中国的经验、眼光和自信……到 1957 年为止，中华人民共和国最初的八年是一个大胆创新、成绩斐然的时代。”[②] 费正清认为 1949 年后是中国经济重建的两个有希望的开端，但此后的“大跃进”和“文化大革命”则是大灾难和大动乱。[③] 他赞成中国共产党领导下的统一和现代化，钦佩中国文化中的

① 保罗·埃文斯：《费正清看中国》，陈同、罗苏文、袁燮铭、张培德译，上海人民出版社 1995 年版，第 259 页。

② 费正清：《中国：传统与变迁》，张沛译，世界知识出版社 2002 年版，第 343 页。

③ John King Fairbank, *China: A New History*, Cambridge, MA: Harvard University Press, 1992, p. 345.

“理性守序”。[①] 1979 年，美国著名记者《纽约时报》的伯恩斯坦随美国副总统蒙代尔访华时感慨中国的落后，而费正清目睹了国民党统治时期民不聊生的景象，看到了相对于国民党统治下的共产党中国所取得的成就。[②] 在当时特定的环境下，费正清能够冷静思考，对中国社会进行较为客观的评价和认可，为推进中美关系的健康发展担负起了文化使者的责任。

1971 年，基辛格访华，中美两国开始进入改善关系的“蜜月”阶段。费正清事先并不知道尼克松和基辛格的战略，但在此之前，费正清已经花费了十年时间反复阐述对华关系的观点，也曾经向基辛格陈述过美国总统访问中国符合中国朝贡体系下各国来觐见的传统习惯。[③] 1971 年 4 月尼克松开始称中国为“人民共和国”而不是“红色中国”后，费正清认可尼克松访华象征着“冷战”的结束和中美关系的新阶段。关于台湾问题，他的基本原则是美国从台湾撤军，但对台湾承诺防卫义务；暂时搁置“台湾独立”问题，最后留给北京和台北自己解决；避免支持台湾的国民党人。他盛赞中国和日本关系的缓和，认为大国之间的联系和交流胜过军队的敌视和关系的隔绝。1972 年，费正清夫妇受邀访问中国，他会见了老友钱端升、金岳霖等人，惊叹中国社会的巨大变化，城市的宽阔马路、庞大的造林运动、工业的发展、妇女地位的提高。[④] 基于对中国文化的了解和对过去中国的体验，他看到了中国的进步。他总结毛泽东领导下的中国革命，毛的革命是为了人民，是为了改善农民的地位、为了解放妇女、提高公共福利、增强中国的民族自尊心和自豪感。[⑤]

1979 年邓小平访问美国时，在卡特总统的招待国宴上，费正清被邀坐在首脑席上，一定程度上这份殊荣是对他 30 年来不断为中美关系

---

① 保罗·柯文，默尔·戈德曼：《费正清的中国世界——同时代人的回忆》，朱政惠、陈雁、张晓阳译，东方出版中心 2000 年版，第 236 页。

② John King Fairbank, *China Watch*, MA: Harvard University Press, 1987, pp. 95 – 96.

③ 费正清：《费正清自传》，天津人民出版社 1993 年中译本，第 516 页。

④ 保罗·埃文斯：《费正清看中国》，陈同、罗苏文、袁燮铭、张培德译，上海人民出版社 1995 年版，第 345—364 页。

⑤ 同上书，第 360—361 页。

正常化所奔走呼号之努力的肯定。1979 年 4 月，费正清夫妇再访北京，受到热情接待。8 月，他再度陪同副总统蒙代尔访华，邓小平赞颂了他为恢复中美关系所做的努力。①

第三，他用美国人可以接受的语言广泛书写和传播中国历史和文化，增进了世界对中国的理解。

费正清在对中国历史文化和时政的研究上著述颇丰，他用英文写作，为英语世界打开了一扇理解中国的窗户。他作为中国文化的体验者和中国发展的见证者，以实证式的书写方式让美国和其他西方世界对中国和中国文化有了更为全面的理解和接受。在海外的汉学研究领域，费正清对中国的书写可以说是最为全面和最为实证的，他的书写为海外了解中国起到了难以替代的作用。他的研究和观点不仅影响了几代美国汉学家和西方的中国学界，而且直接或间接影响了美国政界和公众对中国的态度、看法以及政府对华政策的制定。他既是历史的观察者、历史的亲历者，还是历史的书写者，这从他大量的专著和编著中可见一斑。

费正清在其《费正清中国回忆录》中回顾了自己长达 50 年的中国情缘，讲述了他半个多世纪与中国有关的生活与工作，记录了他对近现代中国历史的敏锐观察和精辟分析，以博学而洒脱的风格，风趣、清新的笔调，将自己的经历和观察娓娓道来，是一本让外国人读懂中国历史的重要著作；《观察中国》则围绕“中美两国和两国人民的交往”、“两国的历史与发展”等中心问题展开，阐释了美国学者独特视角下的中国历史和中国文化；《美国与中国》（第 4 版）是费正清毕生成果的一项完整而定论性的呈现，记述中国与中国人四千年的悠久历史，其精简、深入、权威，史学界无出其右者。《美国与中国》是 1972 年 2 月尼克松和毛泽东会面前两人借以了解对方的参考书之一；《中国传统与变迁：费正清版中国通史》对中国概况、古代中国文明的诞生、中国哲学思想的黄金时代、中国历史上的第一个帝国、帝国的再生、中国文化的全盛期、蒙古帝国、明代的国家和社会、传统中国发展的高峰、中国在 19 世纪时遭遇的入侵与叛乱、中国对西方的回应、帝国主义入侵

① 费正清：《费正清自传》，天津人民出版社 1993 年中译本，第 562—564 页。

中国、从君主专制到军阀混战、中华民国兴衰、中华人民共和国等做了全面梳理和介绍；《中国的思想与制度》是一部在当时富有创见且影响深远的著作，第一部分阐述了国家的权力运用和思想流派之间的联系。第二部分探讨了中国传统社会秩序中思想所扮演的角色，研究诸子百家的思想渊源，评价一些思想观念的发展历程，分析外来观点在中国的发展等；《中国的世界秩序：传统中国的对外关系》是一系列学术研讨会和座谈会的结晶，论文从各个视角全面考察了传统中国的对外关系，尤其是周边关系，尝试从理念到实践对古老的朝贡制度进行详细的解剖。虽是一本论文集，但它的奠基性和经典性是不容置疑的；《剑桥中华人民共和国史（上下卷）》上卷描述了1949—1965年中华人民共和国在努力解决中国当代问题的过程中所取得的成就及遇到的挫折。其第一编主要记录了新政权以苏联发展模式运用于中国的尝试，第二编概括了中国领导人为更快更好地解决中国问题而寻求本国发展模式的努力。下卷全面系统地叙述了1966—1982年中华人民共和国的最新历史进程，其重点是对“毛泽东对中国式道路的寻求”、毛泽东思想发展的关系及由此产生的深远影响、邓小平对中国发展所作出的巨大贡献及中国经济的巨大变化……

除了这些大部头的专著和编著，费正清还发表了不少论文和评论，为中美关系建言献策。1967—1968年，中国进入动荡的岁月，费正清以个人名义为中美关系的正常化奔走呼号，联合其他60名知识分子致信《纽约时报》，支持中华人民共和国加入联合国。[①] 在尼克松宣布访华后，他在《新闻周刊》上发表文章，称赞这次访问将使美国的东亚政策更加符合现实需要。他将出席国会听证会的声明发表在《美国新闻与世界报道》上，认为中国没有扩张或侵略的能力和动机。1971年8月，他在《纽约时报》发表文章《台北能与北京和平共处》，主张由中国人自己去处理台湾问题。费正清《新中国与美国的联系》一文发表在1972年10月出版的《外交事务》50周年纪念刊上，高度评价了新

① 保罗·埃文斯：《费正清看中国》，陈同、罗苏文、袁燮铭、张培德译，上海人民出版社1995年版，第340—341页。

中国取得的成就。

费正清的个人生涯反映了“冷战”时期很多中国观察家的坎坷经历，他们曾对中国的发展进行研究，把中国的状况通过书写介绍给美国读者，结果褒贬不一。但是费正清一直坚信中美交往的重要性，相信文化交流对于中美交往至关重要。他多年的朋友，他的著作译者刘尊棋说，“他一生的目标是，通过一系列简单的、以事实为基础的著作确保连接中国和美国的桥梁永远畅通。这是他研究现代中国历史的主题。”①费正清坚忍不拔、百折不挠地向政府建言，不断推动美国对华政策的调整，并不惜承担责难。在一个中国、美国都面临动荡变化的年代，这需要坚韧、信念和远见。

四　结语：关注差异，多元共存的文化理想

费正清在美国被视为讨嫌人，主要由于“冷战”的背景下中国和美国的意识形态差异。他代表美国利益，难以理解大陆和台湾的不同利益诉求，在大陆和台湾也都一度受到批评。费正清在书写中国时有不严密的地方，有时甚至模棱两可，对中国的认识立场也在不断变化和调整。无论作为史学家、汉学家还是外交家，他的开放、包容和开拓精神都是值得关注和研究的。他“主张用经济、政治和文化的竞争来取代军事上的敌视和对抗，并希望这两个国家和它们所代表的文化能够共存。”② 这是一个具有包容开放心境的跨文化交流使者的努力目标，也为当下面临冲突的民族或国家提供了可资借鉴的交流路径，更是对鼓吹文明冲突论者或文化优劣论者有力的驳斥。他一直坚信“我们肩负着

① 保罗·柯文、默尔·戈德曼：《费正清的中国世界——同时代人的回忆》，朱政惠、陈雁、张晓阳译，东方出版中心2000年版，第200页。

② 保罗·埃文斯：《费正清看中国》，陈同、罗苏文、袁燮铭、张培德译，上海人民出版社1995年版，导言第2页。

推进自由、实用理念的重任，为使美国不狭隘地更好地去理解东亚。”①作为美国文化身份的费正清提出的中西文化平等观对当今西方作家或身居西方的华裔作家在以中国为书写对象时尤其具有参照意义。作为一个地道的美国人，费正清能够从认识中国的历史传统出发去揭示中国传统社会的本质，进而认识中国的革命过程和中美关系。他把中美关系置于世界历史的大系统中加以思考，用大历史的视野来看待中国，看待中美关系，认为人类历史的发展模式并非一元，而是多元的；在多元的历史进程中，不同国家民族之间应该加强制度、文化和心理上的理解与沟通。费正清正视文化差异，研究中主张加强对异质文化的认识与理解是实现文化多元化发展的基础，这些都显示了他真正跨越了中美不同社会制度和文化传统的藩篱，无愧中美文化交流使者的称号。无论费正清是一度的讨嫌人还是跨文化使者，他能以一种实证、开放的文化态度正视文化差异，主张多元对话，力求用历史观理性看待和研究中国文化、书写中国文化，这正是跨文化交际中应该倡导的文化观。

主要参考文献：

1. 费正清：《费正清自传》，天津人民出版社 1993 年中译本。
2. 保罗·埃文斯：《费正清看中国》，陈同、罗苏文、袁燮铭、张培德译，上海人民出版社 1995 年版。
3. 邓刚：《费正清评传》，天地出版社 1997 年版。
4. 保罗·柯文、默尔·戈德曼：《费正清的中国世界——同时代人的回忆》，朱政惠、陈雁、张晓阳译，东方出版中心 2000 年版。
5. 费正清：《中国：传统与变迁》，张沛译，世界知识出版社 2002 年版。

① 保罗·柯文、默尔·戈德曼：《费正清的中国世界——同时代人的回忆》，朱政惠、陈雁、张晓阳译，东方出版中心 2000 年版，第 114—115 页。

城市挽歌——评贝娄的《塞姆勒先生的行星》

张　甜*

Abstract The characteristics of urban literature can be easily traced in Saul Bellow's fictions which give prominent light on his different attitudes towards city. Apart from the description of urban sound and fury, Bellow describes in *Mr. Sammler's Planet* the urban individuals' physical and mental world. However, Bellow's attitude toward city is not all the same throughout his sixty years of writing career. It has shifted from previous optimism to pessimism, and to compromise toward his last days, which is vividly embodied in the diversified urban signs. The criticism from the protagonist, Mr. Sammler—an observer, witness, victim, doubter, struggler and winner in Chicago satirizes the hypocrisy of America and the bourgeois society chiefly represented by Chicago, and displays his own meditation on the term "contract" from a Jewish perspective.

Keywords Saul Bellow; urban literature; urban individual; urban signs

城市喧嚣中的个体问题几乎是贝娄每部小说中都涉及的一个主题，

* 张甜，华中师范大学外国文学专业副教授，文学博士。

小说《塞姆勒先生的行星》（*Mr. Sammler's Planet*）也不例外，贝娄依然表达出城市个体在现代都市中的生活状况，但这一时期贝娄对城市的态度发生了较大的转变，从早期的乐观和可接受的立场，明显地转变为厌恶及斥责的态度，这一态度通过多样的城市符号传达出来。①

从场景上看，该小说跟贝娄其他小说一样基本取材于他所生活的年代和居住区域。欧文·豪（Irving Howe）认为这部小说是按照贝娄自己生活的区域设计出来的场景，并构想出“与哈代的威塞克斯郡和福克纳的约克纳帕塔法镇相类似的一个想象之城。”② 豪还对这个贝娄描写并曾居住过的上西区作出了自己的阐释：

> 上西区是一个肮脏的地区，曾经不适合人们居住，所呈现出来的景象，我认为，可以被称作先进的文明。它丑陋、污秽、危险；它到处散发着狗屎的臭味；街上到处都是社会的流浪者，比如酒鬼、吸毒者、你推我挤的人、妓女、小偷；这儿同样还有一些国际难民、古板的改良主义者、有文化的知识分子、热情洋溢的波多黎各人，还有许许多多被血汗工厂以及集中营的记忆萦绕着并将生命已经无法再视为奋斗不止的年长的犹太人。在这个同化、混乱以及

---

① 瑞典皇家学院在给贝娄颁发诺贝尔文学奖时发表的声明中将其创作分为两个时期：第一时期从第一部长篇小说《晃来晃去的人》（1944）到第四部长篇小说《抓住时日》（1956），第二时期则以贝娄的第三部长篇小说《奥吉·马奇历险记》（1953）为始点。亚德武（C. S. Yadav）在其专著《索尔·贝娄》中将贝娄的创作按照主题进行划分，分为四种类型：40 年代的受害者小说、50 年代的冒险小说、60 年代的幸存者小说以及 70—80 年代的超越小说。See C. S. Yadav, *Saul Bellow*. Jaipur: Printwell, 1991. p. 10。刘兮颖在其专著《受难意识与犹太伦理取向：索尔·贝娄小说研究》中将贝娄的创作按照思想内容和艺术成就分成三个时期，分别是：早期创作（1941—1958）、中期创作（1959—1986）、晚期创作（1987—2000）。本文将按照贝娄对城市态度的轨迹来进行划分。第一阶段是从 40 年代初至 50 年代末，贝娄极力传达出犹太移民对城市生活的憧憬；第二阶段是从 60 年代至 70 年代末，这一时期作品主要以芝加哥为核心，体现出对城市极强的排斥性；第三阶段是从 80 年代至 2000 年，主要体现了贝娄城市再接受的心理过程，批判的笔触不再那么犀利，这一时期的城市主题更加多元化，涉及人生、历史、死亡、友谊等问题，并最终在犹太性和犹太身份的强化中收尾。

② Howe, Irving. “Mr. Sammler's Planet”, from *Harper's* 240（Feb. 1970）：106，108，112，114. 转引自 *Critical Response to Saul Bellow*. pp. 170 - 173。

自我感觉良好的动物园里，人们依旧努力去生存着。[①]

豪的描述正是贝娄小说中呈现出来的真实状况。阿尔弗莱德·卡津(Alfred Kazin)认为这部小说看上去像一部政治小说[②]，因为它展示出世界的非理性以及不公正，反映了贝娄作为知识分子的政治宣言。这些评论无疑传达出小说的可读性和政治意味，以及贝娄作为文人极强的社会责任感。

《塞姆勒先生的行星》讲述的是一位在第二次世界大战大屠杀中幸存的知识分子阿特·塞姆勒先生在纽约的所见所闻所感。"Sammlen"在意第绪语里有"收集"（to collect）之意，只有一只眼的塞姆勒先生就像一位自封的哲学家和社会学家收集着自己的记忆、经历以及社会的种种现实，并发表着自己的见解。塞姆勒是第二次世界大战中的难民，后来得到犹太人安纳德（伊利亚）·格鲁纳的帮助，从难民营里逃出并来到了美国，一直受到格鲁纳一家的照顾。故事始于塞姆勒先生在公共汽车上亲眼目睹一个衣着体面的扒手行窃，然而正义的塞姆勒先生义愤填膺，给警察打电话要求指证罪犯，却被这个小偷尾随进入所住公寓并正大光明地掏出阳具羞辱，塞姆勒先生想尽量避免再次遇到这个小偷，觉得自己最好躲藏起来，以免惹来麻烦，同时也让自己内心平静下来。小说中间还穿插着塞姆勒先生一直以来希望建立理想城市的诉求，然而现实相去甚远。塞姆勒先生逐渐感受到似乎只有在另外一个星球才可能存在一个理想化的世界。

贝娄以塞姆勒先生的遭遇悲叹纽约的状况。小说向读者呈现出城市生活的各种形态：疯狂的人类、官僚主义、作为病毒载体的公共交通等。虽然桑福德·平斯克（Sanford Pinsker）曾将塞姆勒先生评价为"贝娄最爱胡思乱想的却又最不懂得调节自己的主人公"[③]，但是这从另外一个角度反映了贝娄这一时期的批判性，一位执拗的古稀老人充分地

---

① Howe, Irving. "Mr. Sammler's Planet", from *Harper's* 240 (Feb. 1970): 106, 108, 112, 114. 转引自 *Critical Response to Saul Bellow*. p. 170.

② Kazin, Alfred. *New York Review of Books* (3 Dec. 1970): 3-4.

③ Pinsker, Sanford. "The Headache of Explanation", *Midstream* (Oct. 1987): 56-58.

展示出他对城市的所思所想所感，这无疑才是贝娄所想体现的真实。这位都市观察员企图将世界带回到注重道德并且以人为价值本位的体系中，然而事实并非如此。因此不难窥见贝娄此时期对城市的态度，他反对人类的毫无节制，反对城市里所谓的“文明”，反对现代生活带来的人类精神的沦丧。

一 疯狂的城市个体与城市群体

贝娄非常巧妙地将塞姆勒先生所看到的现实都市与他所憧憬的理想世界进行并置对比，并通过现实都市里人类的疯狂行为揭露出现代都市的弊病。贝娄通过刻画第二次世界大战大屠杀、偷窃行为以及畸形的狂欢来展示出现代人类的疯狂。

塞姆勒先生积极地投身到理想世界的构建中，他曾参加过《世界都市》杂志组织的一个世界国的规划工作当中。同时他还给《进步新闻》及另一个刊物《世界公民》写过不少专栏文章，这些文章旨在解释这个世界国的规划是“建立在宣传生物学、历史学和社会学以及把科学原则有效地应用于扩大人类生活的基础之上的”（33）[①]。这个规划工作宣扬“建立一个有计划的、有秩序的、美好的世界社会；废除国家主权，宣布战争为非法；金钱和债权、生产、分配、运输、人口、军火、制造等，由全世界集体控制，提供普遍的义务教育，最大限度的个人自由（与社会福利相一致）；一个以理性的科学态度对待生活为基础的服务性社会”。（33）这一理想世界的构想无疑反映了塞姆勒先生美好的愿望，然而随着他对社会认识的加深，以及自己第二次世界大战中的遭遇，看到自己的亲人纷纷被夺去生命，他的这一美好想法开始动摇。正如小说所写，塞姆勒先生一方面怀着越来越强烈的兴趣和信心回忆着这一切，另一方面他深深感到“这曾经是一个多么善良而富有创

① 此部分内容引自 Bellow，Saul. *Mr. Sammler's Planet*. New York：Penguin Modern Classics，2007. 以下只在正文标出页码，不再一一说明。

造性、然而又是多么愚蠢的计划”（33）。随着塞姆勒现在看到的社会的整个图景，他发现之前自己的憧憬是多么愚蠢、不切实际：在现实的比照下这种设想是远远不可能实现的。现实告诉塞姆勒先生：

> 纽约变得比那不勒斯或者萨洛尼卡还糟。从这一点来看，它好像是一座亚洲的、非洲的城市。就连这座城市的繁华区域也不能幸免。你打开一扇嵌着宝石的大门，就置身在腐化堕落之中，从高度文明的拜占庭的奢侈豪华，一下子就落进了未开化的状态，落进了从地底下喷发出来的光怪陆离的蛮夷世界。在这扇嵌着宝石的大门两边，很可能不论哪一边都是野蛮粗鄙的。(4)

现代社会下充斥着奇怪的现象，塞姆勒先生不禁发出质疑：“是我们人类发了狂?”（75）在《赫索格》里，贝娄已经提及了知识分子的疯癫，在《塞姆勒先生的行星》里，贝娄展现出一群人的疯癫以及戏剧化的狂欢。贝娄分别从三个方面犀利地揭露了人类的疯狂：第二次世界大战中对犹太人的大屠杀、不可思议的偷窃行为以及畸形的狂欢。正是塞姆勒所看到的这些疯狂而古怪的行为，让他觉得理想的宜居之地应该是在另一个星球。

首先作为大屠杀的亲身经历者，作为一位新闻工作者，他感到人们的所作所为难以理解，尤其是种族之间的迫害和仇杀。塞姆勒先生在大屠杀中失去了一只眼，然而他用另外一只隐藏在太阳镜下的眼睛观察着身边发生的丑恶现象，亲眼目睹着罪恶无时无刻不在上演。贝娄这样描写塞姆勒先生：“他只有一只好眼睛，左眼只能分辨明暗。但是那只好眼睛却乌黑明亮，像有些品种的狗那样，透过垂挂下来的眉毛，观察力非常敏锐。”（2）塞姆勒先生觉得大屠杀的发生是匪夷所思的。正如塞姆勒先生反对汉娜·阿伦特“平庸的恶”的说法，他认为：

> 把本世纪的严重罪行变成了平淡无奇，可不是陈腐的观念……陈腐不过是伪装而已。要使行凶杀人不为人所诅咒，最高明的办法岂不就是把这种罪行变成看起来是稀松平常，使人感到厌烦或者老

一套吗？他们以惊人的政治洞察力发现了一个伪装这个罪行的方法。知识分子不理解这一点。(13)

作为世界大家庭中的一分子，结果却是互相残杀，并被解释成是“平淡无奇”的，这在塞姆勒看来是难以置信的，因为他亲历过大屠杀的血腥，他回忆起大屠杀集中营的情景：

当他和其他六十或七十个人，身上都被剥得精赤条条，在给自己挖着坟坑，枪弹射来，跌进了坟里的时候。尸体压在了他的身体上，重重地压在上面。他死去的妻子就在附近一个地方。过了很久一阵以后他才从尸体的重压下挣扎出来，爬出了松散的泥土。把他肚皮上的泥土刮掉，藏身在一间棚屋里。找到一些蔽身的破烂衣衫。很多天都躺在森林里。(75)

这种死亡游戏是绝大多数美国人不曾经历的，简单地被归结为“平庸的恶”或者对那段历史进行否认或抹煞，塞姆勒先生认为那会是继第二次世界大战大屠杀之后另外一个疯狂的行为。

第二个疯狂的行为是塞姆勒在纽约看到的公交汽车上的偷窃行为。当塞姆勒先生在公交上首次看到这个扒手偷窃时，小偷并未感到紧张，反而大胆地朝他转过去，此时塞姆勒先生比扒手还紧张，只见小偷脸上“流露出一只巨兽的厚颜无耻。”（2）之后这位黑人屡次公然的偷窃行为更让塞姆勒先生感到不可思议，尤其是这位黑人小偷发现塞姆勒先生几次都看到他偷窃得手之后，他尾随塞姆勒先生来到他的公寓，并掏出阳具来羞辱他。最后紧张而又极度无可奈何的塞姆勒先生也慢慢丧失了正常人的思维：塞姆勒先生首先迷上了观看偷窃这种行为，他“不得不承认，看见那个扒手偷窃一次，他就渴望再看一次。他不知道为什么。”（7）塞姆勒先生甚至认为小偷有某种奇怪的品质：“至于那个黑人，那个黑人是一个狂妄自大的人。不过他有某种——某种高贵的气派，那身衣服、那副太阳眼镜、那种奢华的外表，以及那种粗野庄严的神态。他大概是个疯子，但是疯狂得具有一种高贵的思想。”（243）到小说结尾塞姆勒先生目睹小偷挨打，此时的塞姆勒先生又非常同情小偷。塞姆勒先生也受到疯狂这一意识形态的影响而变得不正常起来。

整个社会是疯狂的，大家似乎都享受着这种疯狂带来的狂欢，塞姆勒先生身边所有的人，包括塞姆勒先生在内，似乎都有点疯狂。塞姆勒先生的女儿苏拉是位奇怪的女性。她有着古怪的行为和爱好，也让常人难以理解。她喜欢收集垃圾和废品。她同样也干着偷盗的行为，只不过形式不同罢了，初衷也不一样。苏拉跟公共汽车上的黑人小偷不同，她偷窃的是令父亲着迷的知识。她喜欢听讲座，有一次就顺手把一位专家的手稿给偷走，她认为会对父亲的研究有帮助。格鲁纳的儿子华莱斯为了得到父亲的财产，竟然将家里的水管破坏，造成一片汪洋，并希望水能把父亲藏匿的钱冲出来。此外格鲁纳富有而美丽的女儿安吉拉也疯狂得让人难以理解，她“给黑人杀人犯和强奸犯捐钱作辩护基金”（7），她的理想对象是具备犹太人的头脑、黑人的行货、北欧人的俊美的男子。贝娄所描写的这个病态的社会正是20世纪60年代的一个不和谐音。正像金斯堡1959年在哥伦比亚大学的诗歌朗诵会上发出的《嚎叫》：“我看到这一代青年精英毁于疯狂，/他们饥饿，歇斯底里，赤裸着身子，/在黎明时拖着沉重的躯体，/穿过黑人街巷，寻找疯狂的吸毒机会……/他们蓄长须，穿短裤，和善的大眼睛，皮肤黝黑而性感，散发着无法看懂的传单，/他们用香烟蒂焚烧苍白的手臂，对资本主义喷吐有麻醉品的烟雾表示抗议。”① 这些年轻孩子们的疯狂行为正是当时60年代反文化运动的一个显著特点。社会在自我繁荣的同时也创造了无聊、平庸、浅薄以及疯狂。

塞姆勒感觉到这是一个奇怪的社会，所有人生活的社会就像一个大游乐场，然而每个人似乎都享受着这种狂欢带来的愉悦。

> 他们全都玩得这么乐！华莱斯、弗菲尔、埃森，还有布鲁克和安吉拉。他们那样欢笑。亲爱的同胞们，让我们大伙儿一块儿都具有人性。让我们大伙儿全待在那座大游乐场里，彼此干着这种滑稽

① Ginsberg, Allen. *Howl, Kaddish and Other Poems*. New York: Penguin, 2009. pp. 1 – 11.

的死亡游戏，做款待你最亲近的人的表演者……当你考虑到事物的情况、生活的盲目性时，那就只是慈爱，全部绝对都是慈爱。这真可怕啊！令人承受不了！令人无法容忍！让我们活着的时候互相消遣娱乐吧！(244)

贝娄所提到的“大游乐场”就是人们生活的城市。城市是一个可以进行死亡游戏的地方，并且每个人都是一个疯狂的“表演者”。在贝娄看来，大家的盲目与疯狂是互相娱乐且低级无趣的。迪克斯坦对类似于这些孩子们的疯狂举动曾做出如下的评述：“六十年代如此诸多的不满现状者并非为贫困所迫，相反，他们是富裕和教育的产物。他们的前辈——五十年代的一代——为了取胜而拼力比赛，可是他们却在向比赛规则挑战，或干脆拒绝比赛”。[①] 塞姆勒先生不禁发出哀叹，适宜人居住的星球到底在哪？城市里充斥着虚无主义，他曾经还想着“离开这个为死亡压抑，腐朽损坏，受到玷污、破坏，令人恼怒充满罪恶的世界，同时朝月球和火星观望，计划创建一些新城市。”(276) 然而似乎塞姆勒所倡导的世界都市在疯狂的人类面前变得遥不可及。在现代社会的物欲横流以及人类精神信仰的迷失之后，未来在何方是个不得不让塞姆勒反复思考的问题，也是贝娄在中期创作时持有的一种消极态度。

二　作为城市符号的官僚制度

城市的发展离不开政治制度的完善，资本主义城市的发展也是官僚主义发展的温床。“大城市的发展是官僚主义的生长和影响扩大的副产品，官僚主义加强了对各方面的控制和严密管辖。”[②] 社会学家马克思·韦伯（Max Weber）最先提出官僚体制的术语，并对其进行了详细

---

① 莫里斯·迪克斯坦：《伊甸园之门：六十年代的美国文化》，方晓光译，上海外语教育出版社 1985 年版，第 70 页。

② 刘易斯·芒福特：《城市发展史——起源、演变和前景》，宋俊岭、倪文彦译，中国建筑工业出版社 2004 年版，第 546 页。

的解释，他提出官僚体制的前提之一便是货币经济的发展。贝娄的小说展现了官僚主义作为城市发展副产品的现象，警察为代表的国家机器的不作为，让塞姆勒先生越发感到现实社会的无可救药。贝娄在1977年“杰弗逊讲座”演说中提到当今社会的成功何在时指出：“今天，成功就存在于虚假契约，存在于欺骗，存在于借助诈骗有术之士来攫取总统职位本身之上。”他还指出社会的状况，司法机构的腐败、人性的沦落，孩子们甚至“疯疯癫癫地生活在心灵的狂乱和黑暗之中。”① 正是在这种现实中，社会被各种堕落所围困。

塞姆勒先生一再向警察报案，并提出可以指证这个小偷，结果警察搪塞他：“我们腾不出人到公共汽车上去。公共汽车那么多，阿特，我们的人手不够。有很多的会议、宴会、重要人物和高级将领等要我们去做保卫工作。”（9）公共汽车，作为一个载客量较大的一种公共交通工具，它代表着底层人民最朴实的生活方式，照理作为管理公共事务的警察应该尽最大能力保卫社会上的普通百姓，然而警察却认为他们的时间并不应该更多地花在管理普通百姓身上，而应该去为上流阶层、统治阶层服务。这种功利主义心态正是官僚主义的一种明显体现，也是资本主义社会价值尺度被扭曲的一个特征。

塞姆勒先生为了将小偷绳之以法，他展现出极强的社会责任感。他积极地向警察提出自己可以指证小偷，并指出自己清楚地知道小偷的容貌，结果警察的回答让塞姆勒感到晕眩，“像个摩托车比赛者给路上飞来的一块卵石打中了额角一样，微微感到晕眩，咧着嘴微笑。美国！（他自言自语）你在世界各处大肆宣扬，你是一切国家中最值得向往、最值得仿效的一个国家。”（9）这个最值得向往、最值得效仿的国家无非是另一个罪恶之地，一个让人失望甚至绝望的废都。

此外塞姆勒先生对这件事情一直耿耿于怀，并告诉自己的侄女玛格特，玛格特让姑父想开点，向他解释社会存在的现实以及这种现实的本质所在：

---

① 索尔·贝娄：《集腋成裘集》，李自修译，宋兆霖主编，河北教育出版社2002年版，第189—191页。

> 在这里邪恶是没有伟大的精神的。那些人都太微不足道了，姑父。他们不过是一些平凡的下层阶级的人物，是管理人员，小官僚，或者是“流氓无产阶级”。一个群众的社会不会产生大犯罪。这是由于遍及整个社会的分工打破了一般责任心的全部概念。代替这种一般责任心的是计件工作。这就像没有参天大树的森林，你只能向往那些根子扎得很浅的花花草草。现代文明再也创造不出任何伟大的杰出人物了。(11—12)

在这段话里，玛格特指出了现代社会的几个问题：第一，下层阶级不会产生大犯罪；第二，现代社会缺乏责任心；第三，责任心被工具理性和功利主义所取代；第四，这种文明社会不可能培养杰出人物。玛格特的话似乎很有道理，她犀利地指出现代文明下的社会问题，然而她对群众问题的放任及忽视似乎与官僚主义的立场一致，认为群众阶层可以纳入次要考虑的管理范围。

不仅是警察机构，几乎所有的事物都处于无政府并缺乏管理的状态。因此“塞姆勒先生对美国白人新教徒很生气，因为他们没有维持好治安。他们像胆小鬼那样投降，不是一个坚强的统治阶级，反而以一种秘密的、丢脸的方式卑躬屈膝地急切去跟所有少数派的暴民混合到一起，尖声叫着攻击他们自己”（86）。这种无为体制的弊端体现在诸多方面。比如，当塞姆勒看到小偷时，他准备打电话报警，可是跑了三个街区仍然没有找到一部可以投币的电话，有的电话被砸烂，有的电话亭成了小便池，他带着沮丧回家了。在他家的门厅里，大楼管理处装了一道监视犯罪的电视屏幕，然而却形同虚设，因为门役总是跑开到别的地方去了，“发光的长方形的嗤嗤作响的电子屏幕上是一片空白。”（8）整个城市毫无生命力，毫无生机，普遍缺乏责任感，让塞姆勒觉得这是一个无可救药的城市。这些细腻的笔触反映出贝娄对城市病态现状的深思与担忧。

三　作为病毒载体的城市公共交通

城市不可能只有富裕没有贫困，不可能只有成功没有失败，资本主义更不可能没有犯罪。大都市带给人们生活的便利，交流的畅通，表面上看一切井井有条，但资本主义内部已矛盾重重，问题诸多，公共交通拥挤的状况跃然纸上：

> 公共汽车到站时，足足喷了一分钟的气。一向如此。接着，塞姆勒先生上了车，像一个循规蹈矩的公民那样向车子后部挪动，同时希望自己不要被人们挤过后门，因为他只有十五个街区的路程，加上车子又很挤。车里散发着通常闻到的长期给乘客坐过的坐椅的气味，散发着酸臭的鞋子味儿，烟油味儿，廉价的雪茄烟味儿，科隆香水味儿，香粉味儿。(35)

“大都市表面上是一片和平景象，一切运转得井井有条，但暴力的深度和广度突然加大了。随着这些力量的发展，大都市越来越变成了各种各样暴力经验的温床。而每个市民变成了死亡艺术的鉴赏家。”① 塞姆勒作为鉴赏家亲身经历了这表面和平景象下的暴力与罪恶。一连几天傍晚，塞姆勒先生从第四十二街的图书馆回家时，在他平常搭乘的公共汽车上总看到一个扒手在扒窃作案。这个人在哥伦布园广场上车，到第七十二街附近下手。而且他衣着雅致，带着迪奥的太阳镜，身穿骆驼毛的大衣，领口还系着别针，散发着法国香水的气味，他丝毫没流露出生活的窘迫。然而就是这么一个黑人，反复偷窃多次，并屡屡得手。“有四次使人着迷的时刻，他（塞姆勒）曾看过扒窃是怎么干的。”(6) 然而经历过无数事情的塞姆勒，已经无法行动。他之所以犹豫不决是因为

---

① 刘易斯·芒福特：《城市发展史——起源、演变和前景》，宋俊岭、倪文彦译，中国建筑工业出版社 2004 年版，第 545 页。

对自己身份和地位的迷茫："有时我怀疑在这里，在其他人中间，我是否占有任何地位。我自以为我是你们中间的一个，但是又不是你们中间的一个。"（189）这种是彼非彼的态度，让塞姆勒先生在履行自己市民职责上也作出让步。因此当塞姆勒在公共汽车里碰见这个优雅的畜生时，看着这个黑人扒手扒窃一只仍是打开着的钱包时，"他还是采取了一种英国风度。一张毫无表情的、洁净的、一本正经的脸，宣布一个人没有逾越任何人的界限；一个人管好自己的事情就心满意足了。"（4）

"躲藏"曾经是一个离塞姆勒非常遥远的词语。要是从前的塞姆勒，他会是一位"在哥伦布园广场跳下公共汽车，愚蠢而热情地想瞥见一个恶劣罪犯的、从伦敦和克拉科夫来的塞姆勒。"（96）而现在，经历了战争的洗礼和大屠杀创伤的他，对待暴力态度完全不同，"他不得不避开公共汽车，生怕再一次碰上那人。他受到了警告，收到了肯定的通知，叫他不要再出现。"（96）担惊受怕且年事已高的塞姆勒承受不了再一次的恐吓和威胁，他开始变得更加小心谨慎，希望能躲藏起来，不再见到那个扒手。尽管在汽车上他假装没有看见这种偷窃，而且当这个窃贼瞧着他的时候，他也决定不转过头去，但是他那上了年纪的、结实的、有教养的脸却涨得通红，短短的头发竖了起来，嘴唇和牙龈都感到刺痛：

> 这时塞姆勒最大的需要是他的床榻，但是他懂得一点儿怎样躲藏。他曾经在大战中，在波兰，在森林里、地下室里，在过道里、墓地里学会了怎样躲藏。这是一些他经历过一次就足以彻底消除正常情况下想当然的看法的事情。一般人认为你只管大胆地走上街去，没人会开枪打你；你伛着身子小便，也不会给棍棒打死，也不会像耗子一样在巷子里给人追捕。这种平民老百姓的界限一旦消除，塞姆勒先生就再也不相信它还能复原。他在纽约很少有机会使用这种躲藏和逃跑的艺术。(38—39)

这种非常戏谑的嘲讽让读者感受到贝娄幽默的笔触下暗藏的辛辣讽刺。这位曾经在第二次世界大战中死里逃生的知识分子塞姆勒，为了能活下来，“在波兰，在森林里、地下室里，在过道里、墓地里”等许多地方学会了躲藏。本来以为在自由解放的美国可以不必再用这种躲藏的艺术，可惜在纽约的今天，他依然不可避免地要去使用“这种躲藏和逃跑的艺术”，并且塞姆勒先生早就学会了在纽约谨慎小心，“因为那里一成不变地总是彻底道德败坏的”（86）。

“大都市中各种各样消极的生命力迅速地生长着。在这样的环境中被扰乱了的自然和人的本性，以破坏性的形式重现了。”[①] 然而如果说公共交通是城市病毒的载体的话，那么让这个病毒蔓延的是城市人的那种冷漠心理。正如塞姆勒所说：“灵魂的这种贫乏，它的抽象状况，你从街道上的面孔上就可以看出来了。”（232）当塞姆勒看到黑人小偷，并极力让周围的人能扯开正在扭打中的弗菲尔和小偷时，“周围至少有二十个人，更多的人正停留下来，但是没有一个人准备劝架。”（237）这种冷漠的人际关系体现了现代文明中的弊病，当塞姆勒先生再一次提出这个要求时，旁人依然无动于衷。突然间，塞姆勒先生“觉得自己完全是外来的——嗓音、声调、说话的句法、态度、脸庞、思想、一切，全都是外来的。”（238）因为这些人甚至不予理会他的要求。然而当黑人转过脸望着塞姆勒先生时，他发现“在杭堡帽僵硬弯曲的帽檐下，眼睛的晶体里反映出了纽约市景。”（238）这种纽约市景是一种萧条与冷漠，是一种无动于衷，是一种袖手旁观，更是一种现代文明下的麻木与僵化。这就是现代社会，塞姆勒先生认为这些无动于衷的市民非常奇怪，“他们的迟迟不采取行动具有一种多么奇怪的性质啊！他们正指望满足于，啊，最终满足于受到戏弄、欺骗和挨饿的需要。有人就是要得到它！不错。”（239）

塞姆勒先生认为这个城市在毁灭，贝娄也借塞姆勒先生之口传递出自己对城市的反感与绝望。正如塞姆勒所说：“至于这个世界，它当真就要改变了吗？……唉，是因为世界正在崩溃吗？唔，是美国，即便不是全世界的话。唔，摇摇晃晃的，即便不是破裂的话。”（235）不仅如此，身在纽约的塞姆勒会情不自禁地把末日与纽约联系起来：“纽约使

① Mumford, Lewis. *The Culture of Cities*. New York: Harcourt, Inc., 1977. p. 271.

人想到了文明的崩溃，想到索多玛和蛾摩拉，想到世界末日。在这儿，末日的到来不会令人惊诧。许多人已经挨近它了。”（252）而印度人V. 高文达·拉尔博士在关于月球的讲义《月球的未来》中提到的“这个地球，作为人类仅有的家园，还将持续多久呢？”更是贝娄对城市以及整个人类社会何去何从的思考。

在小说结尾，塞姆勒先生的恩人格鲁纳医生离去，他的离去让塞姆勒悲痛万分，“他感到自己正在破裂，内部的一些不规则的大片段正在溶化，闪耀着痛苦，漂浮而去。”（259）格鲁纳的离去让他感到自己又被剥夺了一个亲人。活下去的理由又失去了一条。

> 这个人在他最好的时刻，比我在最最好的时刻曾经做到的或者可以做到的还要慈祥很多。他知道自己必须符合于，而他也的确符合于——通过我们正在迅速走过的这个生活的种种混乱和令人丢脸的玩笑胡闹——他的契约的条件。每个人在他的内心里全都知道这些条件。就像我知道我的，就像所有的人全知道他们的那样。因为，这就是它的实情——这一点我们全都知道，主啊，这一点我们全都知道，这一点我们都知道，我们全都知道，我们全都知道。（260）

小说结尾提到的“契约”，是犹太人赖以生存的一种根本理念，是“理解犹太宗教发展的一个基本的先决条件”。[①] 犹太教认为上帝与以色列人自古就订立了约定，犹太人可以通过与上帝订立“契约”以获得上帝的保护。《圣经·旧约》中记载在犹太民族历史上有着重要意义的三次立约。第一次是创世契约：上帝与人类通过诺亚在大洪水后订立的第一份契约。第二次为先祖契约：上帝与犹太祖先亚伯拉罕订立的双方各自享有一定利益并承担一定责任的约定。上帝许诺将迦南许给亚伯拉罕及其子孙。第三次是西奈山契约：摩西率领犹太人出埃及，在西奈山

---

① 转引自乔国强《辛格研究》，上海外语教育出版社 2008 年版，第 99 页。原文可参见 Ben Isaacson, *Dictionary of the Jewish Religion*. New York: A Bantam Book, 1979. p. 47.

上与上帝订约，犹太教徒必须遵循“摩西十诫”。① 因此犹太人一直认为犹太民族是上帝的“选民”。贝娄在此为了告诫所有人，每个人身上都肩负着一种契约关系。这种契约不仅是与上帝订立的，也是与别人、与社会、与国家订立的契约。社会的发展需要这种契约，社会的进步更离不开这种契约。

主要参考文献：

1. Mumford, Lewis. *The Culture of Cities*. New York: Harcourt, Inc., 1977.
2. 莫里斯·迪克斯坦：《伊甸园之门：六十年代的美国文化》，方晓光译，上海外语教育出版社 1985 年版。
3. 索尔·贝娄：《集腋成裘集》，李自修译，宋兆霖主编，河北教育出版社 2002 年版。
4. 刘易斯·芒福特：《城市发展史——起源、演变和前景》，宋俊岭、倪文彦译，中国建筑工业出版社 2004 年版。
5. Bellow, Saul. *Mr. Sammler's Planet*. New York: Penguin Modern Classics, 2007.
6. Ginsberg, Allen. *Howl, Kaddish and Other Poems*. New York: Penguin, 2009.

---

① 有关三次立约的内容可参见陈贻绎《希伯来语圣经——来自考古和文本资料的信息（至公元前 586 年）》，昆仑出版社 2006 年版，第 19—20 页。有关“契约论”的详细内容还可参见乔国强《辛格研究》，上海外语教育出版社 2008 年版，第 99—102 页。

Virgil in China in the Twentieth Century[*]

LIU Jinyu[**]

中文摘要 长期以来，作为罗马诗人的维吉尔在中国并没有受到太多关注，直到21世纪初以后中文学界对维吉尔的学术研究和译介才有明显的升温现象，这和他在西方两千多年来的经典地位十分不相称。同为西方经典史诗，维吉尔的《埃涅阿斯纪》在中国的地位和译介的强度完全不能媲美于《荷马史诗》。本文梳理了维吉尔在中国的译介情况，在此基础上探讨为什么维吉尔在很长一段历史时期里没能获得充分关注，并以此为例来思考中文世界对西方文本的选择性。新文化运动中新的英雄理念的产生，崇拜希腊思想，《埃涅阿斯纪》中的"帝国主义"因素，以及拉丁语传统的缺乏等都是抑制维吉尔在20世纪的中国被广为接受的原因。而20世纪最后20年以来，

---

* The earlier versions of this paper were presented at the APA, the 16th Annual Comparative Literature Conference at the University of South Carolina, Dickinson College, Wabash College, and Shanghai Normal University, all in 2014. I thank the audience for their comments, suggestions, and criticism. The research for the paper belongs to a larger project on "Graeco-Roman Classics in China", which is funded by Mellon New Directions Fellowship, Fisher Time-out Grant and Faculty Fellowship from DePauw University, Shanghai "1000 plan", and Shanghai Normal University. I wish to acknowledge my gratitude to these institutions. The original title of this paper is "Virgil (or His Absence) in China in the Twentieth Century".

** 作者为美国德堡大学副教授，上海师范大学荣誉教授，美国哥伦比亚历史学博士，上海千人计划专项海外人才。

随着中国的发展与变化，埃涅阿斯的民族英雄形象使得维吉尔史诗的接受度大为提高。维吉尔文本的复杂性以及其中蕴含的丰富的文化、宗教、哲学、政治思考也日益提上研究日程。

关键词 维吉尔；希腊独立主义；《艾涅伊德》；拉丁诗学；接受学习

Virgil in the West: A Brief Survey and Introducing the Questions

As one of the most acclaimed poets, Virgil's fame was both immediate and lasting in the West. Virgil's epic *Aeneid*, in particular, "enjoyed the rare distinction of being hailed as a canonical poem while it was still being written",① and remained an essential component of elite education throughout the centuries when Latin was the indispensable language of communication, culture, and letters in the West. Virgil's celebrity as a literary figure was matched by his prominence in the development of the public discourse during Rome's political, institutional, and cultural transition from Republic to Empire. In his epic poem, Rome's destiny as the world leader was personified in Aeneas as a heroic and "pious" founder-figure, who could be easily connected with Augustus, Rome's first emperor (31 BCE – 14 CE), and developed into a "national" icon. Despite the reservations about the pagan aspects of the Virgilian works expressed by important Church Fathers such as St. Jerome, Virgil nevertheless fared well among Christian writers and in Christian culture. St. Augustine, for example, referred to Virgil as "the great poet, the most brilliant and best of all" (*poeta magnus omniumque praeclarissimus atque optimus*), citing numerous Virgilian lines in the *City of God* and *De musica*.②In the Middle

① R. J. Tarrant, "Aspects of Virgil's reception in antiquity", in Charles Martindale (ed.), *The Cambridge Companion to Virgil*. Cambridge University Press, 2006, 56.

② Cf. Karl Hermann Schelkle, *Virgil in der Deutung Augustins*. Stuttgart and Berlin: Kohlhammer, 1938.

Ages, Virgil acquired the status of the incarnation of grammar, a legendary figure endowed with the power to work wonders, and even a prophet of Christ. ①

The return of the Greek authors after the Renaissance did not nudge Virgil out of the rank of the supreme poets. Virgil's superiority as a poet vis-à-vis Homer, for example, was endorsed in Marco Girolamo Vida's *Ars poetica* (1527) and Julius Caesar Scaliger's *Poetices libri septem* (1561), both canonical poetic guides. ② Virgil was to poetry what Cicero was to oratory. The timelessness and universality of Virgil was once again reaffirmed when he survived the Quarrel between the Ancients and Moderns, as Virgil "could serve simultaneously as an ancient and a modern, classical and classic." ③ As Dante's guide in the *Divine Comedy* and Milton's inspiration in *Paradise Lost*, Virgil has also been immortalized in modern European languages.

Verse and prose translations of Virgil have continued to appear in modern Western languages since he was first translated at the turn of the sixteenth century. Take the English translations of Virgil's works, for example, from 1513 – 1697 alone, there were at least sixty-eight of them. From 1553 to 2006,

---

① For the history of literary and scholarly interest in Virgil in the general context of Classical scholarship from the ancient times to the early twentieth century, see John Edwin Sandys, *A History of Classical Scholarship*. New York: Hafner Pub. Co, 1st ed 1908, repr. 1958; Ulrich von Wilamowitz-Moellendorff and Hugh Lloyd-Jones. *History of Classical Scholarship*. Baltimore, MD: Johns Hopkins University Press, 1982; Domenico Comparetti, and E F. M. Benecke. *Vergil in the Middle Ages*. London: S. Sonnenschein & Co, 1895; Fabio Stok, "Virgil between the Middle Ages and the Renaissance", *International Journal of the Classical Tradition* 1.2 (1994), 15 – 22; David S. Wilson-Okamura, *Virgil in the Renaissance*. Cambridge, UK: Cambridge University Press, 2010. For a very useful collection of primary sources, see Jan M. Ziolkowski and Michael Putnam (eds), *The Virgilian Tradition: The First Fifteen Hundred Years*. New Haven &London: Yale University Press, 2008.

② Kenneth Haynes, "Classic Vergil", in Joseph Farrell, and Michael Putnam (eds), *A Companion to Vergil's* Aeneid *and Its Tradition*. Chichester/Malden, MA: Wiley-Blackwell, 2010, 423.

③ Haynes 2010: 424 – 25; Joseph M. Levine, "Ancients and Moderns Reconsidered", in *Eighteenth-Century Studies*, 15.1 (1981), 72 – 89; Joan DeJean, *Ancients against Moderns: Culture Wars and the Making of a Fin de Siecle*, Chicago: University of Chicago Press, 1997; Joseph M. Levine, *The Battle of the Books: History and Literature in the Augustan Age*. Ithaca: Cornell University Press, 1991.

there were at least sixty-six English translations of the complete *Aeneid.* ①For Frost, what drew English translators to Virgil's works went beyond Virgil being considered a master of language and could be found in the lenses that Virgilian epic provided to view "the greatness and disasters of national life and one's own countrymen" in the sixteenth and seventeenth centuries. ②Virgil's universalism was closely associated with the fact that he wrote "at the most critical turning point, the transition from republic to empire" in Roman history, and that "Rome in those days could be a paradigm for any developing commonwealth or kingdom, or even for any cult of system of beliefs". ③

Precisely because Virgil's works are at once literary, political, imperial, and ideological, each era found new meanings in Virgil, which reinforced the persistence of his vitality and relevance in the West. In the eighteenth and nineteenth century, European philhellenism, especially in its extreme expression and argument, may have taken the *Aeneid* as "a failed epic of a failed nation"④, raising Homer above Virgil, and disparaging Virgil as a sycophant and plagiarist, lacking originality and creativity. ⑤In the 1930s – 40s, however, Virgil made a stellar come-back with the German scholar Theodor Haecker and the British poet T. S. Eliot proclaiming Virgil as

① William Frost, "Translating Virgil, Douglas to Dryden: Some General Considerations", in George deForest Lord and Maynard Mack (eds), *Poetic Traditions of the English Renaissance.* New Haven: Yale University Press, 1982, 284: Appendix B: Virgil Translations, Douglas to Dryden; K W. Gransden, *Virgil in English.* London: Penguin, 1996. In the last thirty years or so alone, there have been at least nine English versions of the *Aeneid.* Verse translations: Robert Fitzgerald 1983, C. H. Sisson 1986; Edward McCroirie 1990; Stanley Lombardo 2005; Robert Fagles 2006; Sarah Ruden 2008; prose versions: David West 1990; Richard S. Caldwell 2004; G. B. Cobbold 2005.

② Frost 1982: 283.

③ Frost 1982: 272.

④ Barthold Georg Niebuhr, *Lectures on Roman History.* London, 1855, III, 131.

⑤ Johann Joachim Winckelmann, *Gedanken über die Nachahmung der griechischen Werke in der Malerei und der Bildhauerkunst* (1755); August Wilhelm Schlegel, *Von den Schulen der griechischen Poesie* (1794); Alois Blumauer, *Virgils Aeneis travestiert* (1784 – 88); Barthold Georg Niebuhr, *Römische Geschichte* (1946 – 1848). For discussions, see Geoffrey Atherton, *The Decline and Fall of Virgil in Eighteenth-Century Germany: The Repressed Muse.* Rochester: Camden House, 2006.

"Father of the West" and a "classic of all Europe", solidly embedding a unitary Western identity in a universal Virgil, and vice versa. ①The German scholar Viktor Poschl's important book *Die Dichtkunst Virgils* (1950) contains a strong articulation of Virgil's cultural significance for the West: "There is more at stake here than just the question of Vergil②; it concerns the foundations of Western civilization. We are seeking ties of communication to bind us together. We must, therefore, re-establish a firm place for the *Aeneid* in our cultural consciousness as one of the bibles of the Western world."③ In the United States, the pessimistic reading of the *Aeneid* gained momentum during the 1960s. ④By unraveling the multiple and often conflicting voices in the epic, foregrounding the price of empire, highlighting Virgil's skepticism and even criticism of Augustus and the empire, the pessimistic school has brought the analytical complexity of the epic to a new level.

If Virgil's literary fame and enduring influence in the West is clear

---

① Theodor Haecker, *Vergil: Vater des Abendlands*. Leipzig, 1931, translated into English in 1934, French and Italian in 1935, Dutch in 1942 and Spanish in 1945; T. S. Eliot, *What is a classic?: An address delivered before the Virgil Society on the 16th of October*, 1944. Faber & Faber, 1945.

② Both Virgil and Vergil are acceptable spellings.

③ Viktor Pöschl, *Die Dichtkunst Virgils: Bild Und Symbol in Der Äneis*. Wiesbaden: Rohrer, 1950; translated by G. Seligson, *The Art of Vergil; Image and Symbol in the* Aeneid. Ann Arbor: University of Michigan Press, 1962, 12.

④ The bibliography is extensive. See e. g., Wendell V. Clausen, "The Harvard School", in Nicholas M. Horsfall (ed), *A Companion to the Study of Virgil*. Mnemosyne Supplement 151. Leiden, 1995, 313 – 14; Ernst A. Schmidt, "The Meaning of Vergil's 'Aeneid': American and German Approaches", *CW* 94. 2 (2001), 145 – 171; Adam Parry, "The Two Voices of Virgil's *Aeneid*", *Arion* 2 (1963), 66 – 80; Michael Putnam, *The Poetry of the Aeneid: Four Studies in Imaginative Unity and Design*. Cambridge, Mass.: Harvard University Press, 1965; Michael Putnam, *The Humanness of Heroes: Studies in the Conclusion of Virgil's Aeneid. The Amsterdam Vergil Lectures*, 1. Amsterdam: Amsterdam University Press, 2011; S. Commager (ed), *Virgil: A Collection of Critical Essays*. Englewood Cliffs, New Jersey: Prentice-Hall, 1966; W. R. Johnson, *Darkness Visible. A Study of Virgil's Aeneid*. Berkeley, 1976; R. O. A. M. Lyne, *Further Voices in Vergil's Aeneid*. Oxford. 1987; Rowan A. Minson, "A Century of Extremes: Debunking the Myth of Harvard School Pessimism", *Iris* (16 – 17) (2003 – 04), 46 – 53; Craig Kallendorf, *The Other Virgil: 'Pessimistic' Readings of the* Aeneid *in Early Modern Culture*. Oxford: Oxford University Press, 2007.

enough, Virgil's vitality or relevance has been significantly less professed in China. Until very recently, Virgil has never been a subject of significant scholarly or popular attention in China. There was a fleeting interest in Virgil in China in 1930, in connection with the Two-Thousandth Anniversary of Virgil's birth. The momentum, however, was short-lived and failed to sustain itself. The complete *Eclogues* was first translated into Chinese in 1957, while the Chinese translation of the complete *Aeneid* did not appear until 1984. Currently, there are only two Chinese versions of the complete *Aeneid*, both in prose. No Chinese translation of *Georgics* is available yet. The sporadic and limited introduction of Virgil and his works in China until recently is in sharp contrast not only to Virgil's status in the West throughout the centuries but also to the general popularity of the Homeric Epics in China, which have been translated into Chinese numerous times, in verse and prose, since the early twentieth century to this day. What factors, then, have hindered the reception of such a Western classic in China in the early twentieth century, a period of intense Westernization? Did the Chinese intellectuals not find timeless or transcendent values or themes (human will versus divine will, duty versus love) in Virgil's works? Since nation building and the destiny of Empire are among the salient themes in Virgil's *Aeneid*, why were his works not appropriated more aggressively for discourses concerning imperialism and/or national identities in the colonial or semi-colonial society that was China from 1840 – 1949? Stepping out of the Euro-centric approaches to Virgil, this paper uses Virgil in China as a case study to tap into broader issues of the viability of Western classics in non-Western contexts, and the criteria or principles that have guided the selection of Western Classics to translate into Chinese. The discussions below proceed largely chronologically, covering the experience of Virgil in China from the period when he first entered China to the end of the twentieth century.

The Missionaries and Virgil

Significant penetration of Western learning, including Graeco-Roman classics, in China first came by way of the Western missionaries, especially the Jesuits, in the late sixteenth to early seventeenth centuries. Not only did the Jesuits partially or completely translate Euclid's *Elements*, Aristotle's *De Anima*, Cicero's *De Amicitia*, Epictetus' *Encheiridion*, *Aesop's Fables*, and so on, but they also who made extensive uses of the Graeco-Roman sources in their Chinese writings, citing anecdotes and quotations from the writings of a wide range of authors including Pythagoras, Plato, Aristotle, Diogenes, Cicero, Seneca, Epictetus, Plutarch, Valerius Maximus, and so on. ① Although they would have been very familiar with Virgil, who was among the standard Jesuit curriculum, the Jesuit missionaries in China hardly mentioned Virgil. Perhaps they were exercising caution due to the hidden dangers in reading and teaching Virgil's *Aeneid* as warned by Antonio Possevino in his *Bibliotheca Selecta* (1593), "a comprehensive guide to what should and should not be served up to impressionable youth in the Society's colleges"? ② While praising the elegance and potentially edifying effect of the Virgilian poetry, Possevino's reservations about the seductive pagan worldview in Virgil, such as about the portrait of the underworld in *Aeneid* Book VI, outweighed his appreciation of the literary beauty of the Virgilian poetry. Drawing support from Augustine and Origen, Possevino concluded that many things in Virgil were "neither appropriate for the use of

---

① Cf. Li Sher-Shiueh, *European Literature in Late-Ming China: Jesuit* Exemplum, *Its Source and Its Interpretation* (revised edition). Sanlian Publishing House, 2010.

② Yasmin Haskell, "Practicing What They Preach? Vergil and the Jesuits", in Joseph Farrell, and Michael Putnam (eds), *A Companion to Vergil's* Aeneid *and Its Tradition*. Chichester/Malden, MA: Wiley-Blackwell, 2010, 208-09.

the Christian state, nor for the sort of poets with whose songs the ears of Christians ought to resound".[①] In any case, following the policy of "indirect evangelism by means of science and technology to convince the elite of the high level of European civilization",[②] the Jesuit missionaries focused their effort on mathematics, the calendar, cartography, religious texts, philosophy, and ethics. Literature was largely left out.

The protestant missionaries were among the first to introduce Virgil to China.[③] Karl Friedrich August Gützlaff (1803 – 1851), a German missionary, criticized the Chinese for only paying attention to their own poetic works under the wrong assumption that foreign/ "barbarian" poetry had no literary merit. He also noted that the lack of Chinese understanding of foreign classics was aggravated by the fact that these works had not been made available in Chinese. In an attempt to convince the Chinese of the literary achievements of the European poets and enhance the Chinese appreciation of Western literature, Gützlaff particularly emphasized Homer as the foremost poet in Europe, and Virgil and Horace the most notable Roman poets.[④] Joseph Edkins (1823 – 1905) from the London Missionary Society repeatedly stated that Western literature originated from Greece, and that Homer was the originator of poetry.[⑤] Yet, Edkins also praised Virgil from an

---

① Haskell 2010: 209.

② N. Standaert, *Handbook of Christianity in China*. Leiden: Brill, 2001, 310 – 11.

③ Chen Dezheng, *Western Classics in China* (Xifang gudianxue zai zhongguo). Ph. D. Dissertation, Beijing Normal University, 2004.

④ "Canonical Texts (Jingshu)" (The second month of the Year of Dingyou = 1837), in Huang Shijian (ed), *Eastern Western Monthly Magazine* (Dongxiyang kao meiyue tongjizhuan). Zhonghua Publishing House, 1997, 204 – 05. *Eastern Western Monthly Magazine* was the first Chinese periodical published in China by the missionaries.

⑤ Joseph Edkins, "Greek (sic) the Stem of Western Literature (Xila wei xifang wenxue zhi zu)", *Shanghai Serial* (Liuhe congtan) 1.1 (1857), in Shen Guowei (ed), *Shanghai Serial* (Liuhe congtan). Shanghai Cishu Publishing House, 2006, 524 – 26, later reprinted in *The Globe Magazine/A Review of the Times* (*Wanguo Gongbao* 324) and *Shanghai News* (*Shenbao*, January 20, 1975); and "Short Account of the Greek Poets (Xila shiren lueshuo)", *Shanghai Serial*, 1.3 (1857), in Shen 2006: 556 – 557.

aesthetic and literary point of view, noting Virgil's elegant disposition, delicate language, and flawless grammar in his *Short Account of the Latin Historians and Poets* in *Shanghai Serial* (Liuhe congtan) 1.4 (1857).① For Edkins, although Virgil imitated Homer, he was the poet of the highest attainments among all the Latin poets, his status being comparable to that of Li Bai and Du Fu, two of the most acclaimed poets in Chinese history, both from the Tang Dynasty, commonly recognized as the Golden Age of Chinese poetry. These positive appraisals, however, did not lead to any attempt to translate Virgil's works or any serious effort to familiarize the Chinese with the Virgilian corpus. Understandably, the missionaries' translation effort had its priorities. From 1580 to 1867, as far as the category of humanities is concerned, only 1 out of a total of 988 translations was in literature, as opposed to 938 translations in religion. From 1580 to 1904, among a total of 1071 pieces of translations in the category of humanities, only 30 were in literature, while there were 63 translations in philosophy, and 946 in religion, and the translations in social sciences, natural sciences, and applied sciences totaled 1158. ②In the half centuries after China became a Republic, the number of translations exceeded that in the past three centuries combined. From 1912 to 1940, there were 1462 translations in literature out of a total of 1924 translations in the humanities, while the total number of translations in social sciences reached 1992. Yet, even against this surge of translations in literature, both substantial textual presence of and references to Virgil were still sporadic.

---

① Shen 2006: 573 – 574.

② Tsuen-hsuin Tsien, "Western Impact on China Through Translation", *The Far Eastern Quarterly* 13.3 (1954), 305 – 327, esp. 327.

Homer versus Virgil, Greece versus Rome in Pre – 1949 China

The preference for the Homeric epics was not unique to China. A similar tendency can also be observed in Colonial India, where " the Homeric poems, along with the Sanskrit epics, became enmeshed in the debates about the early sources of language, religion, and culture. "① In a Chinese culture that lacked indigenous epic models, the different attentions paid to the Homeric epics and Virgil's *Aeneid* were rooted in Chinese discourses concerning heroism, freedom, and attitudes toward authority, nation building, and civilization.

In 1931, Ernest W. Clement, a teacher of college preparatory Latin in America, who had lived in Japan for several years, made the observation that *pietas* was an equivalent to *chuko*, which included typical Japanese virtues of loyalty and filial piety. For him, not only would *pius* Aeneas "make a high-grade Japanese hero", but Virgil's loyalty towards "friendship, nature, the home and its relationships, patriotism, peace and duty would appeal more or less strongly to the Japanese sense of loyalty. "② Precisely because Aeneas was so close to the traditional Confucian ideal gentleman, however, his appeal to the Chinese was significantly circumscribed in the first half of the twentieth century, an era of intense Westernization accompanied with iconoclasm in China. As will become clear in the course of the discussions below, the construction of new heroism and the prevalence of philhellenism in China were closely connected to each other, both having the

① Phiroze Vasunia, *The Classics and Colonial India*. Oxford: Oxford University Press, 2013, 239.

② Ernest W. Clement, "Vergil's Appeal to the Japanese", *CJ* 26 (1931), 421 – 30.

effect of shutting out Virgil.

The founding of a republic in China in 1912 did not solve all the maladies of Chinese society or restore the dignity of the country. In seeking ways to revitalize a strong and independent China, the Chinese intelligentsia committed to establishing a new culture and exploring new types of heroism for China. In this age of effusive iconoclasm, when words like *Satan* acquired positive meanings,① cautious, humble, and submissive types of moral models were to be abandoned. The desired heroism privileged those who challenged authority or societal norms, defied power (human or divine), rebelled from traditions, and fought resolutely for national independence. Greek antiquity became a major supplier of heroism and heroes. Throughout the first half of the twentieth century, the Spartans at Thermopylae were repeatedly invoked as exempla for the Chinese to follow. ②Prometheus, who brought fire to the human world in defiance of Zeus' authority, was imported as an archetypal hero, entering China by way not only of Aeschylus but also of Byron, Shelley, Goethe, and Karl Marx. ③

Byron's immense popularity as a poet and hero in early twentieth-century China deserves particular attention here especially since he became an

---

① Lu Xun, "On the Power of Mara Poetry", in Kirk A. Denton (ed), *Modern Chinese Literary Thought: Writings on Literature, 1893 – 1945*. Stanford: Stanford University Press, 1996.

② E. g., Zi Shu (Zhou Shuren's pen-name), "The Soul of Sparta" (Sibada zhi hun), *Zhejiangchao* 5 & 9 (1903); Tian Min, "Spartan Warriors" (Sibada wushi), *Xuesheng* 2. 3 (1915), 39 – 46; Yi, "The Three-hundred Warriors of Sparta" (Sibada de sanbai yongshi), *Xin Minzhong* 2. 2 (1932), 5 – 6; Guo Dianzhang, "The Military Spirit of the Spartans (Sibada de shangwu jingshen)", *Huangpu* 2. 16 (1939), 7, 416; Chen Ruofo, "Everybody Should Learn from the Spirit of the Spartans (Dajia ying xue sibadaren de jingshen)", *Yitiaoxin* 2. 3 (1939), 21 – 23; Wang Foya, "On the Spirit of Sparta (Sibada jingshen lun)", *Guoshi* 6 – 7 (1940). For Sparta in the Republican textbooks, see Bi Yuan, *Constructing Common Knowledge: Textbooks and Cultural Transformation in Modern China* (Jianzao changshi: Jiaokeshu yu jindaizhongguo wenhuazhuanxing), Fujian Education Publishing House, 2010, 189 – 206.

③ For a comprehensive treatment of the Chinese construction of Prometheus, see *Pan Guiying*, *Prometheus in China* (Puluomixiusi zai zhongguo). Ph. D. Dissertation, Chinese Academy of Social Science, 2013.

important link between the Chinese activists and intellectuals and European philhellenism. What dominated the Chinese intellectuals' attention to Byron was his rebellious spirit, his passion as a poet, and, in particular, his support of Greek independence. [①]Indeed, among all of Byron's works, it was "The Isles of Greece" that was best known to the Chinese, being translated numerous times often with the title *Ai Xila* (Lamenting Greece) by a number of leading Chinese intellectuals, poets, and writers including Liang Qichao and Hu Shi as an independent piece, detached from the context of the poem *Don Juan*. Invoking the natural landscape of Greece and the heroic deeds of the past, the poem lamented Greece's present subjection and chastised the lack of action on the part of the Greeks. The contrasting keywords "free" / "freedom" and "slaves" were carefully deployed throughout the poem, which ended on a stirring expression mixing determination, hope and despair: "There, swan-like, let me sing and die; /A land of slaves shall ne'er be mine—/Dash down yon cup of Samian wine!" These sentiments easily resonated with the Chinese, who saw the fate of China as strikingly similar to that of Greece, both being ancient civilizations truncated by foreign invasion and dominance, remaining in an enslaved state due to the inertia of their people. "Every sentence seems to speak to the Chinese of today", as Liang Qichao commented through one of the characters in his novel. [②]

In the collective consciousness and imagination of the Chinese intellectuals, especially the more radical ones, Byron was a fighter for liberty, both in its specific sense in connection with the independence of Greece from the Ottoman Turks and in its abstraction. The Greek freedom,

---

① Lu Xun, "On the Power of Mara Poetry" (Moluo shi li shuo), in Kirk A. Denton (ed), *Modern Chinese Literary Thought: Writings on Literature, 1893 – 1945* (Stanford: Stanford University Press), 1996, 99, 107 – 08; He Zheng, *A Revived Life in a Reviving Culture: the Chinese Reception of Byron in the Short Story Magazine in 1924*. Master's Thesis, The University of Iowa, 2012.

② Liang Qichao, *The Future of New China* (Xinzhongguo weilai ji). Guangxi Normal University Press, 2008, 80 – 83. The novel was originally published in 1902.

which Byron espoused, was both historical and allegorical, while his poems were read as exhortations to patriotic actions. If the dissemination of Western Classics inJapan was heavily influenced by German Philhellenism,[1] China's philhellenism was intensified to a great extent by the close connection between Byron, Greece, liberty, and resistance to oppression. Regardless of the source of philhellenism, they shared origin-oriented attitudes toward the Graeco-Roman antiquity that enshrined Greece "as the beginning, as originary", as embodiment of the pinnacle of human artistic and cultural achievement, "while relegating Rome to the role of vehicle of transmission and dissemination"[2]. Many Chinese intellectuals shared Liang Qichao's articulation of Greece as the mother of Europe: it was from Greece that politics, scholarship, art, languages, customs originated. There would be no Europe without Greece.[3]This is not to say that there were no positive appraisals of Rome. Stories of Horatius, Cincinnatus, Decius Mus, Regulus, Cato the Elder, Cornelia (the mother of Gracchi), and so on, who exemplified Roman virtues such as patriotism, bravery, sense of duty, loyalty and preference for simplicity and frugality, for example, were widely circulated due to the general popularity of James Baldwin's *Fifty Famous Stories Retold* (1896) and *Thirty More Famous Stories Retold* (1905) in Chinese translation, and their being used as English teaching materials in Republican China.[4]

---

① Yasunari Takada, "Translation and Difference: Western Classics in Modern Japan", in Susan A. Stephens, and Phiroze Vasunia, *Classics and National Cultures*. Oxford: Oxford University Press, 2010, 286 - 301.

② These expressions are borrowed from Susan A. Stephens, and Phiroze Vasunia. *Classics and National Cultures*. Oxford: Oxford University Press, 2010, "Introduction".

③ Liang Qichao, "On the Ancient Scholarship of Greece" (Lun xila gudai xueshu), *Yinbingshi heji* 12. Zhonghua Shuju Press, 1989.

④ James Baldwin's collections of stories were available in Chinese translations, English-Chinese bilingual versions (often with notes), and in English. The following incomplete list is sufficient to show the popularity of Baldwin's two books. *Fifty Famous Stories Retold* (New York, Cincinnati, Chicago: American Book Company, 1896) was commonly known as Taixi Wushi Yishi, while a few other names

Yet, at least three aspects of the Chinese approach to Roman history in the early twentieth century China should be noted. First, influenced by Edward Gibbon's masterpiece, *The Decline and Fall of the Roman Empire*, more attention was given to the failure of the Romans than their accomplishments. Not only were there many articles exploring the lessons of Rome's fall, but the topic also entered university entrance exams. ① Second, in 1920s – 1940s, the association between Mussolini and the (idea of) Roman Empire, which he aggressively promoted, was quite disturbing to at least some Chinese intellectuals. News reports and several general histories of Rome written by Chinese scholars clearly noted their anxiety over Mussolini's Italy becoming the new Roman Empire characterized by belligerence and aggression. ② Third, the Romans were seen as being too similar to the Chinese, both being inferior to the ancient Greeks in that they both privileged

---

were also used. The English version was first published by Shanghai Commercial Press in 1910, and reprinted numerous times in the next several decades. Chinese versions: *Wushi Gushi*, translated by Dongwujiusun and serialized in *Eastern Miscellany* (Dongfang Zazhi) *1911 – 1913*; *Qiudeng Tanxie*, translated by Lin Shu and Chen Jialin, Commercial Press, 1916; translation and notes by Xi Shizhi and Qin Shouou, Shanghai Sanmin Tushu Gongsi, 1925. Bilingual versions with notes: by Ding Baojun, 1926; Xi Shizhi and Xiao Jianqing, Shanghai Jingwei Shuju. *Thirty More Famous Stories Retold* (Taixi Sanshi Yishi): English version, Shanghai Commercial Press, 1913; translation and notes by Zhou Shupei, Shanghai World Press, 1926, 1944. For their being used as English textbooks at some elementary schools before 1949, see Tao Jie, "My Life with English Education", *English Education in China* 1 (2009).

① E. g., Ming Yi (Kang Youwei's pen-name), "Four Discussions on Rome" (Luoma si lun), *Xinmincongbao* 19 (1905), 65 – 80; 20 (1905), 35 – 48; Gao Lao, "The Economic Causes of Rome's Fall" (Luoma miewang de jingji kaocha), *Eastern Miscellany* 15. 7 (1918), 30 – 39; Wang Wenyi, *The History of Rome's Rise and Fall* (Luoma xingwangshi). Zhonghua Shuju, 1934; Pan Guangdan, "The Fall of the Roman Nation (Luoma minzu de dianfu)", *Hua Nian* 41 – 42 (1945), discussed under the title "The Lessons of Rome" (Luoma de yinjian), *Shidi shehui lunwen zhaiyao yuekan* 3 (1946), 24; Gao Yinzhen, "On the Decline and Fall of the Roman Empire" (Cong luomadiguo de baiwang shuoqi), *Datong Zazhi* 1. 4 (1948) 15 – 16; Wen-Hsin Yeh, *The Alienated Academy: Culture and Politics in Republican China, 1919 – 1937*. Council on East Asian Publications, Harvard University, 1990, 94.

② E. g, "Italy making new Roman Empire" (Yidali dazao xinluomadiguo), *Guowen zhoubao* 13. 19 (1936), 1 – 4; Zhang Naiyan, *Roman History* (Luomashi). Commercial Press, 1929; Wu Shenghai, *Roman History* (Luomashi), Zhonghua Shuju, 1937.

practicability over metaphysical thinking. ①In the early twentieth-century China, Chinese intellectuals who took defensive, destructive, or negligent approaches to the Chinese past and had varying views on Westernization generally shared a preference for Greek antiquity. Ancient Greece was invariably represented as the most artistic, philosophical, and scientific nation in the history of the world. Greek literature was praised as primary, while Roman literature tended to be put down as imitative and secondary, being at best a bridge between the Greek literature and the later literature.

In the context of this philhellenism, between the Homeric epics and Virgil's epic, the *Aeneid* was inevitably perceived as derivative and forced, lacking the originality, natural beauty, freshness, and simplicity of the Homeric epics, and thus inferior. ②Typical is Zhou Zuoren's statement in *History of European Literature*, originally his lecture notes at Peking University in 1917 – 1918: "Being pious, austere, dignified and brave, Aeneas had all the Roman virtues, and may sufficiently represent the nation. The *Aeneid*, therefore, was called the national epic of Rome. Yet, being artificially composed, it was different from natural poetry, and thus could not be put on par with Homer. "③ In Chapter 9 "Greece and Rome" of his *Outline of Literature*, which was first serialized in *Short Story Magazine*, one of the most popular and influential literary magazines in the 1920s –

---

① E. g. , Chen Yingque's comments on the similarity between the Chinese and the Romans, recorded in Wu Mi's Diaries. Wu Mi & Wu Xuezhao, *Wu Mi's Diary* (*Wu Mi ri ji*) [Beijing: Shenghuo, dushu, xinzhi sanlian shudian, 1998, II 100 (December 14, 1919] ; cf. Wu Mi & Wang Mingyuan, *Literature and Life* (*Wenxue yu rensheng*) . Beijing: Qinghua daxue chuban she, 1993, 65.

② E. g. , Wu Mi, "History of Greek Literature Chapter 1 The Homeric Epics" (Xilawenxeshi diyizhang hema zhi shishi), *Xueheng* 13 (1923); Feng Zikai, "The Art of Palace" (Dian de yishu), *Zhong Xuesheng* 49 (1934), 63; Zheng Zhenduo, "Epic" (Shishi), *Literature Weekly* 87 (1923), 2; Min Jun, "On the Literature of Rome" (Tantan Luoma de Wenxue), *New Students* (Xin Xuesheng) 3. 5 (1947), 13.

③ Zhou Zuoren & Zhi An, *History of European Literature* (Ouzhou Wenxueshi) . Hebei Jiaoyu Chubanshe, 2001, 87.

1930s in China, and later published as a book, Zheng Zhenduo translated verbatim from John Drinkwater's *The Outline of Literature* (New York, London: G. P. Putnam's Sons, 1923):

> The charm of the "Aeneid" lies in its deep reverence for the old gods, the old spirit, and the old glory of Rome. The characters themselves have little of the heroic attraction of Homer's creation, for Virgil generally lacked the gift of endowing his characters with vivid humanity. Dido is his greatest success. In the fourth book of the "Aeneid" she is one of the most living and warm-blooded women in poetry, and her story is the first and one of the greatest pieces of romantic writing in the world.

The Chinese in the early twentieth century extolled the Homeric epics for their "optimism": these poems were about how human beings, by means of bravery and wisdom, could overcome difficult situations and escape an unfavorable fate. In other words, Homer was perceived as having elevated the human spirit above the authority of fate and gods. ① The Homeric epics also occupied a visible place in discourse on the differences between the West and China. In a highly influential essay titled *Our Attitude toward Modern Civilization of the West* (1926), Hu Shi, one of the leading figures of the New Culture Movement, argued that the much-repeated characterization of Chinese civilization as spiritual and Western civilization as material was misleading. ②The fundamental difference was rather that the Chinese system stifled the exploration of new ideas and new things while the Western system encouraged it. "… Come, my friends, /'Tis not too late to seek a newer

---

① E. g., Yan Jieren, "The Spirit of Odyssey" (Aodesai de jingshen), *Yecao* 3. 5 (1942), 42 – 5.

② Hu Shi, "Our Attitude towards Modern Civilization of the West" (Women duiyu xiyang jindai wenming de taidu), *Eastern Miscellany* (Dongfang zazhi) 23. 17 (1926).

world. /…that which we are, we are; /One equal temper of heroic hearts, / Made weak by time and fate, but strong in will/To strive, to seek, to find, and not to yield." These lines from Tennyson's acclaimed poem *Ulysses*, exuberant with exhortations, were cited by Hu Shi to make his case. For Hu Shi and his followers, Ulysses' restlessness and undying desire for new quests were considered representative of the Western spirit, which should inspire the Chinese. Although based on Dante's *Inferno* (XXVI, 85 – 142), Ulysses' image was represented by Tennyson as a hero rather than a wretched ghost being punished for his trickeries. With unmistakable references or hidden allusions to (1) Greece, where Odysseus had his origin; (2) Rome, which gave the name Ulysses to Odysseus; and (3) Dante, Tennyson's poem parades and signposts some of the most significant stages in Western history, eloquently encapsulating "transformative continuity" in the Western tradition. The poem was thus strategically chosen and deployed by Hu Shi to illustrate what he perceived as a continuous Western tradition. For Hu Shi and his followers, Ulysses/Odysseus was emblematic of the adventurous and exploratory spirit typical of the West, absent in the Chinese tradition, but strongly called for in contemporary China.

In many ways, Virgil was defined as what he was not vis-à-vis Homer, and tended to be noted for what was absent in his works as compared with Homer. Effort to explore Virgil's values in his own right and to provide the Chinese audience with translated texts was rare in the twentieth-century China with the first concerted attempt being closely connected with Virgil's bimillennial commemoration. ①

---

① Wang Chouran published two essays on Virgil in 1927: "Virgil's Epic *Aeneid*" (Weiqi'er shishi niete), *Yishujie zhoukan* 9 (1927), 18 – 22 provided a summary of the content of each of the twelve books of the epic; "Virgil" (Weiqi'er), *Yishujie zhoukan* 23 (1927), 6 – 10. For Wang, the *Aeneid* was certainly propagandistic, yet its being a piece of propaganda did not undermine its value, especially since the propaganda focused on the hardship of the founding of Rome, which would lead to appreciation of the emperor's achievements, and arouse feeling of patriotism in its readers.

Virgil's Bimillennium in China

Virgil's two-thousandth anniversary was an event of international dimension. The academic activities for the anniversary in France and Italy were noted in *Modern Literature* (Xiandai wenxue). ① The popular literary journal, *Short Story Magazine*, published a commemorative issue (21. 11) for Virgil's bimillennium in 1930. While Virgil was the only Graeco-Roman author who received commemorative treatment in *Short Story Magazine*, he was but one of the many Western and Chinese writers who received such treatment. The impetus behind this "sudden" attention to Virgil can be attributed to the magazine's promotion of the idea of "world literature". ② The majority of the writings associated with Virgil's bimillennial commemoration were contributed by Fu Donghua (1893 – 1971) and Shi Zhecun (1905 – 2003). Fu translated Virgil's *Aeneid* Book I, *Eclogues* IV and VIII, and an article on Virgil, while Shi contributed two essays on the *Eclogues* and *Georgics* respectively and a short book on Virgil published by the Commercial Press, one of the most reputed and influential publishers in China. ③Notably, since their sources diverged significantly, Fu and Shi presented very different "Virgils" to the Chinese audience. In general, however, while the bimillennial celebration can be said to be "nationalistic" in Italy, "political" in Latin

---

① "Virgil's Bimillennial Commemoration" (Weiji'er erqiannian jinian), *Modern Literature* (Xiandai wenxue) 1. 2 (1930) 189.

② For discussions on *Short Story Magazine* and world literature, see Jing Tsu, "Getting Ideas about World Literature in China", *Comparative Literature Studies* 47. 3 (2010), 290 – 317.

③ Fu's translations of *Aeneid I* and *Eclogues IV were published in* Short Story Magazine 21. 11 (1930); *his translation of* Eclogues *VIII appeared in* Modern Literature (*Xiandai wenxue*) 1. 6 (1930), 1 – 10. *Shi Zecun*, "*Virgil's* Eclogues (*Weiqi'er zhi muge*)", "*Virgil's* Georgics (*Weiqi'er zhi tiangongshi*)", Short Story Magazine 21. 11 (1930), 1573 – 76, 1577 – 81. *Shi Zecun*, Virgil (*Weiqi'er*). *Commercial Press*, 1931.

America, "popular" in North America, and "elitist-literary" in France,[①] the Chinese celebration can be characterized as "modernizing", a point that will become clear in the course of the analyses below.

Fu Donghua had a long and distinguished career as a translator, who translated, among others, the Homeric epics and later the American novel *Gone with the Wind* into Chinese. Fu considered the *Fourth Eclogue* the most meaningful among Virgil's ten bucolic poems. Virgil's general popularity in the Christian community was partly due to his *Fourth Eclogue*, which had been regarded by Lactantius, Eusebius, St. Augustine and Prudentius as a prophecy of the coming of Christ. Fu's predilection for the *Fourth Eclogue* was, however, not because of the Christian association, which Fu dismissed as something that should be laughed off, but because it embodied young Virgil's "dream of hope" (xiwang de meng):[②]

> … for it represents the author's dream of hope in his youth. Regardless of the forms of such dreams, there are always dreamers in every era, up to this day. But dreams will always remain dreams. The dreamers, whether ancient or modern, eventually have to wake up in misery, and stop (dreaming) at the point where they encounter disillusion. This is perhaps the perennial fate of human kind? Although the time when Virgil was slightly older coincided with Rome's golden age, and it seemed that his earlier dreams had been realized, he saw paradox and sorrow in what seemed to be a dream come true, because as he grew in years, his understandings were deepened. Praise mixed with paradoxical sorrow constituted the masterpiece of his later years, that is, the *Aeneid*. (Translation mine)

---

① Theodore Ziolkowski, *Virgil and the Moderns*. Princeton, N. J.: Princeton University Press, 1993, 17 – 26. Ziolkowski did not mention the Chinese case.

② Fu Donghua, "Virgil, *Eclogues IV*' (Weiqi'er disi muge)", *Short Story Magazine* 21.11 (1930), 1552.

Fu Donghua's reception of Virgil was significantly influenced by John Erskine's article titled "Vergil, the Modern Poet"[①] which was one of the numerous publications for the occasion of commemorating Vergil's bimillennial anniversary and was translated by Fu Donghua into Chinese shortly after it came out. Given the proliferation of publications both for the special occasion and on Vergil in general, the choice to translate Erskine's article is particularly interesting for at least two reasons: first, he was neither a professional Virgilian nor even a Classicist but by trade a professor of English literature and an influential education reformer. Erskine's successful implementation of the General Honors course in classic texts at Columbia in 1921 was deemed a pivotal event in twentieth-century American education and in the "Great Books" movement. The "Great Books" courses at Chicago University were also developed under his influence; second, his reading of Virgil tended to highlight more sorrows and elements of destruction associated with Empire building and the spread of civilization than contemporary scholars did.

Promoting teaching "great books" in translation and reading classic texts outside traditional academic disciplines, Erskine advocated treating "the *Iliad*, the *Odyssey*, and other masterpieces as though they were recent publications, calling for immediate investigation and discussion".[②]For Erskine, Virgil's modernity is embedded in his critical attitude toward Empire, his questioning of the cost of civilization, his doubts of the value of progress, and his portrayal of the loneliness of his main characters. Erskine's article contains ideas similar to the pessimistic reading of the *Aeneid* that gathered momentum after the 1960s. Unlike the leading voices of the later

---

① *Harper's Monthly Magazine*, August 1930.

② John Erskine, *My Life as a Teacher*. Philadelphia and New York: J. B. Lippincott, 1948, 166.

pessimistic school, however, Erskine did not focus on issues such as whether Aeneas failed to actualize the visions of Anchises and Jupiter, whether the cost of empire was justified by its founding, or whether Virgil's work was a critique of the Augustan regime. For him, Virgil raised the general question of whether the spread of civilization was a good thing at all, an issue of acute contemporary concern, which in turn guaranteed Virgil's relevance to the modern world. ①Unlike in the positive reading of the *Aeneid*, in which "fate" is interpreted as indicating Rome's divine destiny, Erskine saw "fate" as Virgil's unwilling answer to "the unanswerable tragedy of civilization".

From Erskine, Fu received a Virgil full of critical spirit and the notion that it was precisely because of his critical spirit that Virgil was torn, conflicted, and tortured. The repetitive uses of such expressions as *dream*, *misery*, *disillusion*, *sorrow*, and *paradox* in Fu's comments on Virgil, indicate that Fu went even further than Erskine in foregrounding the disenchantment of empire. If there were a universal message in the *Aeneid* for Fu, it was the downside of empire building. For him, the *Aeneid* should be treated as a critique of imperialism. In the 1930s, then, one strand of the Chinese interpretation of the *Aeneid* developed along the pessimistic line remarkably resembling what would later characterize the so-called "Harvard School." Clausen has pointed out that the so-called Harvard School was not a direct product of the Vietnam War era, but from sediment from a previous decade: "The mild-minded pessimism of the Harvard school …l-reflects the mood of the fifties: it had little or nothing to do with the dissent and anguish of the sixties."② That may well have been the case. The general context against which Fu was reading and translating Virgil was certainly one of intellectual bewilderment and national crises.

---

① Erskine, 1930: 285.

② Wendell V. Clausen, "The 'Harvard School'", in Nicholas M. Horsfall (ed), *A Companion to the Study of Virgil*. Mnemosyne Supplement 151. Leiden. 1995, 313 - 14.

How did the pessimistic approach influence the construction of the character of Aeneas in the Chinese translation, then? Fu, who did not know Latin, based his translation on the prose version of John Conington (1825 – 1869), Professor of Latin at Oxford. Erskine and Conington, a few generations apart from each other, had very different understandings of the sentiment and purpose of the *Aeneid*. For Conington, "The purpose of the epic is to indicate the divinely ordained origin and history of Rome as a conquering, civilizing, and organizing government, destined to replace both anarchy and tyrannical disposition by liberty under law". ① It would not be surprising, then, if Fu's understanding of the *Aeneid*, derived from Erskine, was often at odds with Conington's more optimistic text. As a result, Fu sometimes deviated from or even rebelled against the source text.

Conington translated *pius* into "good." It is not clear whether Fu was aware that Coninton's "good" corresponded to *pius* in the Latin text. Interestingly, Fu consistently rendered "good" as *shanliang*, the meaning of which was more along the lines of kind-hearted, and benevolent. "Good" in Conington's version had already eclipsed the Latin adjective *pius*, which denotes devotion to gods, family, and friends, with a strong connection with ritual observance; Fu's word choice *shanliang* further strayed away from the semantic field of *pius*. Unlike "dutiful" and words in the similar vein, however, the epithet *shanliang* does not exonerate Aeneas from the responsibility of being an active agent in human affairs. If *pius* takes the moral burden off Aeneas's shoulders, *shanliang* does not.

It is in the interpretation of *Aeneid* I. 257 – 264 that Fu significantly differed from Conington.

① John Conington, *The* Aeneid *of Virgil translated into English Prose*, edited with Introduction and Notes by Edgar S. Shumway, New York: The MacMillan Company, 1917, xvii (summary by Shumway).

Aeneid I. 257 – 264 in Latin	Conington's translation
moenia, sublimemque feres ad sidera caeli magnanimum Aenean; neque me sententia vertit. Hic tibi (fabor enim, quando haec te cura remordet, longius et volvens fatorum arcana movebo) bellum ingens geret Italia, populosque ferocescontundet, moresque viris et moenia ponet.	thine arms shall bear aloft to the stars of heaven thy hero Aeneas; nor has my purpose wrought a change in me. Thy hero for I will speak out, in pity for the care that ranked yet, and awaken the secrets of Fate's book from the distant pages where they slumber—thy hero shall wage a mighty war in Italy, crush its haughty tribes, and set up for his warriors a polity and a city.
Fu Donghua's translation in Chinese 你的手臂将把你那英雄伊泥阿高高举到天中的星里；我心中的宗旨也未尝有更变；你那英雄——因为我可怜他那尚在酝酿的忧虑，故愿说出，并唤醒那在运命书中僻处瞌睡的秘密——你那英雄，他在意大利将从事于一场大战，将扑灭那里的顽强的部落，将为他的战士建造一个政府和一个城。	

As if worrying about the insufficiency of Aeneas'heroic quality, Conington thrice referred to Aeneas as "hero" in this short passage, a word not explicitly used in the Latin text. These "heros" were faithfully preserved in Fu's Chinese translation. The key difference is in line 263. Conington translated *populosque feroces* as "haughty tribes". In choosing "tribes" to render *populos* (people), Conington reduced the Italian locals to less politically and culturally sophisticated communities. The adjective "haughty" for *feroces* (literally meaning bold, fierce, warlike, etc.) would imply that, although the local people were less advanced, they nevertheless had an unjustified high opinion of themselves, which would justify their defeat by Aeneas and his men. Rather than being faithful to the source text, however, Fu translated "haughty" into *wanqiang*, literally meaning tenacious, resilient or hard to defeat, which had the effect of emphasizing resistance on the part of the locals, and thus reversed the way the relationship between the local people and Aeneas' men was characterized in Conington's text. The *populos feroces* in Virgil's Latin, haughty tribes in Conington's English and *wanqiang de buluo* (tenacious tribes) in Fu's Chinese, therefore, not only constituted three different characterizations of the indigenous but would also foreshadow the way the relationship between the Italian locals and Aeneas' people was to be constructed in the epic. Conington translated *contundet* into "crush", a relatively common choice among English translators;[①] but Fu went further by translating crush into *pumie*, a much stronger word than "crush" and literally meaning "eradicate". Dryden and Theodore Williams translated *contundet* into "tame" and "quell" respectively with the corresponding object being the "fierce" and "wild" nations. In both translations, Aeneas and his men were constructed as civilizing agents. Fu's version, in contrast, tended to generate the impression that Aeneas and his men were involuntary imperialists at the best and aggressive colonists at the worst.

In an article entitled "Mind the Gap on Foreignizing Translations of the *Aeneid*", Susanna Braund enumerates the many languages that the *Aeneid* had been translated into, including Afrikaans, Bulgarian, Czech, Hebrew, Hungarian, Japanese, Polish, Swedish and Arabic (at that time forthcoming). Braund's purpose was to "provoke thoughts of the size of the gap between original and translation in terms of both language and culture: a gap that can be enormous". Quite so as she demonstrated through case studies of the Russian, French and English translations of the *Aeneid*.[②] The Chinese version was not listed, but it would be perfect for making Braund's

---

① H. Rushton Fairclough, Loeb ("crush proud nations"), Allen Mandelbaum ("crush ferocious nations").

② Susanna Morton Braund, "Mind the Gap on Foreignizing Translations of the *Aeneid*", in Joseph Farrell, and Michael Putnam. *A Companion to Vergil's* Aeneid *and Its Tradition*. Chichester/Malden, MA: Wiley-Blackwell, 2010, 449 - 64.

point. Fu's translation of the *Aeneid* represented a distinct way of constructing not only the character of Aeneas but also the origin of the Roman Empire. Although Fu only translated *Aeneid* Book I, his struggle in making Aeneas a less passive hero and making sense of his "mission" can be clearly traced. Fu's translation tells a story of a kindhearted hero who was to lead his soldiers, with the support of the supreme god, to utterly destroy the local Italians who would resist the conquest. This would be a difficult story to tell and sustain. It is not difficult to see that Aeneas would turn out to be a conflicted and internally tormented character, and that whatever success he had in the epic could not compensate for his "suffering". It was also an unwelcome story for the Chinese readers to swallow in the 1930s, with China struggling for national salvation and dignity, especially if the Chinese identified with the local Italians. But if the Chinese were to identify with Aeneas and his men, who would they see as representative of the Italian locals?

Reading *Aeneid* as a critique to empire can be seen as a viable strategy to mitigate the imperial theme in the epic, which was the route that Fu Donghua took. In contrast, under the influence of his sources, Shi Zhecun, translator, essayist, and pioneer of Chinese modern novels, foregrounded Virgil's humanism, and his genuine praise of the Roman nation and the benefit of the Augustan empire. Notably, all of his sources, which were primarily William Young Sellar's *Roman Poets of the Augustan Age* (first published in 1878; 3rd ed., 1883), H. R. Fairclough's Loeb version, T. R. Glover's *Studies in Virgil* (1904), and Saint-Beuve's *Étude sur Virgile* (first published in 1857), highly praised Virgil. Saint-Beuve is well known for his admiration for Virgil, and famously said: "Virgile depuis l'heure où il parut a été le poète de la Latinité tout entière."① Sellar's *Roman Poets of the Augustan Age* was also permeated with admiration for Virgil, who was

① Prominently noted in J. W. Mackail, "Virgil and Roman Studies", *JRS* 3.1 (1913), 1.

described as setting before the world in forms of pure art and with elaborate workmanship, the idealized spectacle of the marvelous career of Rome, and best enables it to feel the charm of natural beauty and ancient memories associated with Italy; and who has interpreted, as no one else has done, the meaning and tendency of his age, and of the change which was then preparing for the human spirit and for the nations of the future. ①

Although Sellar did see the Augustan regime as an absolute monarchy, he considered the Augustan Age as an era of restored peace, order, and prosperity; it was "the epoch of the matures civilisation of ancient times and as a great turning-point in the history of mankind". ② For Sellar, the Augustan poets gave expression to the longing for rest, a sense of genuine gratitude for the peace and prosperity enjoyed under Augustus, and "the aspiration after a better life and a firmer faith." ③ As the most representative poet of the era, Virgil "recalls the simpler virtues of the olden time, he represents the humanity of his own age, he anticipates something of the piety and purity of the future faith of the world". ④ All of these positive appraisals found echo in Shi Zhecun's writings on Virgil. Extolling Virgil for his fine musicality, creative imagination, beautiful word choices, noble poetic art, genuine emotions, humanism, and patriotism, Shi stated that Virgil had erected an eternal monument for the greatness of his country. Shi introduced the *Aeneid* as a new type of epic: unlike the *Iliad* and *Odyssey*, which were epics about personal fate, the *Aeneid* was an epic about national fate, with Aeneas being the ancestor of the Roman people and Augustus, who brought peace, order and unity to the Roman world. Shi concluded his book with an emphatic statement of Virgil's supreme status as a poet of all ages and his long-lasting literary influence:

---

① William Young Sellar, *Roman Poets of the Augustan Age*. Oxford, 3rd ed, 1883: 82 – 3.

② Sellar 1883: 110.

③ Sellar 1883: 15.

④ Sellar 1883: 87.

> Yet, was Virgil the greatest poet of Rome alone? Because of his scholarly spirit, humanistic virtues, pure religious beliefs, creative and imaginative talent, sentimental attachment to the countryside, he became the poet of poets throughout European history. Up to this day, no matter how many poetic movements——be they Romanticism or Symbolism-there have been, Virgil has inspired all the poets, either directly or indirectly. (Translation mine)①

Although Virgil's bimillenium did not lead to a continued effort to translate the Virgilian corpus or significantly increase attention to Virgil over the long term, it nevertheless diversified and enriched the understanding of Virgil's literary achievements, historical significance, and the interpretive breadth of his poems. Since Shi Zhecun repeatedly noted the poetic beauty of Virgil's works, it is worth asking whether there was a connection between the lack of sustained attention to Virgil in China and the fact that his works were largely read in translation, since Virgil's mastery of Latin grammar and poetic language was a significant aspect of his fame in the West.

Virgil without Latin or Meter

In the West, the importance of Virgil has been for a long time connected with his being the embodiment of Latin poetic language and his central importance in Latin education. For many, since "the structure of a language corresponds to the worldview in the consciousness of a nation", translating Virgil meant translating the Latin worldview and culture, and at the same time, preserving formal fidelity to the Virgilian verses was closely intertwined

① Shi 1931: 63.

with remaining faithful to Virgilian views. The choice of meter, therefore, was often a primary concern for translating Virgil into modern Western languages. Difficult and controversial as it is, effort has even been made by some translators to preserve the traits of the Latin Language in Russian and French translations. If the Russian translator Bruisov's "aim was to enable people to read the Russian *Aeneid* not as a historical monument but as a poetic work worth studying in its own right",① the "incantatory apparatus" of the Virgilian works largely disappeared in the Chinese versions, reducing Virgil to the "rational sense of the text".② The difference between the Chinese language and the Western languages certainly makes it more difficult for the Chinese translations to reflect the style, imagery, meter and rhythm, the movement of the line, wordplay and soundplay of the Virgilian lines. But the lack of strong (Western) philological tradition in China means that the Chinese translators are less pressured to produce translations that fully capture the linguistic and formal dexterity of the Latin poems.

Throughout the twentieth century, only a tiny number of scholars in China could access Virgil in the original language. The majority of the members on the 1924 membership list of the Literary Association, an influential and active organization in the 1920s – 1930s, registered English (92) as one of the languages they had studied. Other languages included Japanese (25), French (13), German (10), Russian (7), Ancient Greek (3), Esperanto (3) and Norwegian (1). None listed Latin.③ The distribution of languages among the members of the Literary Association can be taken as a rough indicator of the distribution of foreign languages among

① Braund 2010: 455.

② These terms/expressions are borrowed from Pierre Klossowski, discussed in Braund 2010: 456.

③ Michel Hockx, *Questions of Style: Literary Societies and Literary Journals in Modern China, 1911 – 1937*. Leiden: Brill, 2003, 78. As Hockx has rightly noted, the level of their proficiency was to be taken with a grain of salt. The three members who claimed to have studied Ancient Greek were Zhou Zuoren, Xu Dishan, and Ye Qifang.

the Chinese intellectuals. Very few Chinese intellectuals were able to recognize Latin quotes. Wu Mi (1894 – 1978) regretted that he missed the opportunities to study Latin with the Catholic father in his hometown and later at Tsinghua College. ①After returning from Harvard to China, he served as a leader of the *Xueheng* group, a loose intellectual circle devoted to promoting the values of both Western and Chinese classical culture. Yet, Wu was not able to recognize the famous Virgilian quote "*Tu regere imperio populos Romane, memento, etc.*" while reading *Civilization or Civilizations.* ② He made a note to himself: "Perhaps, from Livy", which, although not outrageously far off, was nevertheless incorrect and showed insensitivity to, or rather, ignorance, of the difference between poetry and prose. ③ Another example is even more telling. Zhu Xiang (1904 – 1933), a talented poet and translator, who studied Western literature and languages including Ancient Greek in the United States in 1927 to 1930, once translated Virgil's *Eclogues II* into Chinese. After he committed suicide in 1933, the messy handwritten manuscript was sorted out and published posthumously by Zhu's friend, Luo Niansheng (1904 – 1990), in *Life and Literature* (Rensheng yu wenxue) 1.2 (1935). Since the manuscript did not specify the source or the title of the poem, Luo tentatively identified the poem as one of the Hellenistic pastoral poems, perhaps by Theocritus. The fact that Luo Niansheng, who had received training in Classical literature and philology in the States and Greece and was to become the major influence in the field of Western Classics in China, did not recognize this poem can be seen as an indicator of the general lack of familiarity with Virgil's works in China at that time. Qian

---

① Wu Mi, and Wu Xuezhao, *Wu Mi's Self-Compiled Chronicle* (*Wu Mi Zibian Nianpu*). Beijing: Sanlian shudian, 1995, 39, 166 – 67.

② E. H. Goddard and P. A. Gibbons, *Civilization or Civilizations.* New York: Boni and Liveright, Inc., 1927.

③ Wang Dunshu, "Spengler and the Early Dissemination of his 'Cultural Morphology of History' in China (Sibingele de 'wenhuaxingtaishiguan' zaihua zhi zuichu chuanbo)", *Historical Research* (Lishi yanjiu) 4 (2002).

Zhongshu (1910 – 1998), famed and widely esteemed for his extraordinary erudition, is the only Chinese scholar who quoted Western authors including Virgil extensively in the original languages. For example, in discussing how ancient Chinese literature depicts the flirtatious scenario where a woman pretends to be aloof while desiring the attention of a man, Qian cited the Virgilian lines *Malo me Galatea petit, lasciva puella, /et fugit ad salices, et se cupit ante videri* (*Eclogues* III. 64 – 65) as a Western parallel. Similar examples abound in Qian's *Notes on Literature and Art* (Tanyi Lu) and *Limited Views: Essays on Ideas and Letters* (Guanzhui Bian). Qian, however, never discussed the Virgilian works as an entirety. In a way typical of Qian, he fragments Virgil like he does to all the other writers. All of the quotations serve to support his general contention that "the hearts and minds of peoples by the East Sea and by the West Sea are the same (donghaixihai xinliyoutong)".

Against this background where Latin was largely absent, Virgil's literary achievements and reputation as a master of language would not automatically make his works ready candidates for translation. Contrary to the belief of some theorists, then, the quality and influence of the original text in the source culture may not be the genesis of translation. Many translators of Virgil into modern Western languages were concerned with the reputation/position of their own texts "in a particular niche of the*recipient* culture". ①Burrow has shown that "Most English translators of Virgil are anxious about their own standing, and usually they support losing political causes. Virgil tends to be adopted into English by poets who need the consolation of his authority or the sustaining dream of his imperial vision."② By comparison, the Chinese translators were significantly less burdened to produce literarily acclaimed

---

① Gideon Toury, *Descriptive Translation Studies and Beyond*. Amsterdam/Philadelphia: John Benjamins Publishing Company, 1995, 73.

② Colin Burrow, "Virgil in English Translation", in Charles Martindale (ed), *The Cambridge Companion to Virgil*. Cambridge: Cambridge University Press, 1997, 21 – 37.

products to match Virgil's literary fame.

Furthermore, the general lack of acquaintance with Latin certainly affected the ability of the Chinese scholars and translators to engage with the Virgilian texts at the textual and linguistic level. This does not mean that Virgil was not read at all in China. Translations in modern Western languages served as an intermediary between the Chinese readers and the Latin Virgil, which also means that Vigil was the privilege of a small percentage of the Chinese population. Tang Ti (1920 – 2005), a poet and poetry critic, for example, mentioned being mesmerized by John Dryden's translation of *Eclogues* when he first read it in about 1945. For Tang, by integrating a glorious historical era and contemporary customs into pastoral poetry, Virgil endowed the old genre with fuller social, political and even intellectual content, and thus transformed and enriched bucolic poetry as a genre. In his review of Yang Xianyi's translation of *Eclogues* (1957), Tang acknowledged the significance of Yang's contribution, especially since Yang was the first to translate Virgilian poetry directly from Latin into Chinese. Tang nevertheless had reservations about the poetic quality of the translation. For Tang, Yang's translation failed to fully convey the freshness and liveliness of the poems, as a result of which it did not succeed in fully representing the essence and spirit of the Virgilian work. ①Tang seemed to be using Dryden as the measuring rod. What he did not note, however, was the influence of Dryden's heroic couplets on Yang's translation of the *Eclogues*.

Yang Xianyi (1915 – 2009), who studied Classics and English Literature at Oxford University in the 1930s, had a long and distinguished career as a translator, translating numerous Chinese classics into English in collaboration with his wife, Gladys Margaret Tayler. One of their first translations was Qu Yuan's *Li Sao* into heroic couplets in the style of Dryden. Yang's investment in the poetic aspect of the translation of Virgil's

---

① Tang Ti, "Virgil's *Eclogues* (Weiji'er de muge)", *Shi Kan* 5 (1957), 97 – 100.

Eclogues was mainly twofold: first, the translation contained the same number of lines as the Latin original;① second, following one of the basic principles of heroic couplets, the translation comprised a sequence of rhyming pairs of lines. As far as Chinese translations of both Virgil and Graceo-Roman poetry in general, the combination of these two aspects represented the highest level of effort to preserve the poetic forms of the Virgilian work in the twentieth century.

Interestingly, Yang made no mention of his rhyming scheme in the "Preface" to his translation of the *Eclogues*. The date of the publication, 1957, should be noted. The penetration of Marxist language of class struggle was conspicuous. The reason why Virgil qualified as a great author was because his poems reflected the genuine feelings of the people:

> …when the poet reminisces the natural scenery of his homeland, expresses the love of the small-landholders in the countryside for land and their disgust of war, and reflects the deep tension between the small-landholders and the big slave owners, we can see that the poet shares common feelings with the people. On the surface, these ten pastoral poems may seem to be an artificial style, and the content may seem to be divorced from reality, yet, (they) were in fact realistic, being faithful reflections of the true feelings of the people during that period. ②

Such was how the *Eclogues* were introduced to the Chinese readers between the 1950s and the 1980s. The entry for the *Eclogues* in the *Catalogue*

---

① Yang Xianyi used the Latin edition in *Scriptorum Classicorum Bibliotheca Oxoniensis* (F. A. Hirtzel, 1900), and consulted A. Sidgwick's commentaries, and E. V. Rieu English translation (1949).

② See Virgil (Weji'er), *Eclogues* (Muge), translated by Yang Xianyi, Shanghai Renmin Publishing House, 2009, 4-5. The original "Preface" was written in 1955.

of Foreign Classical Literary Works in Translation 1949 – 1979 went even further: "Based on his own experience, the poet expressed the discontent harbored by the people towards the slave owners through the dialogues of two shepherds. It is an authentic reflection of the thoughts and emotions of the laboring and suffering masses."①

Aeneas as a National Hero

The general audience in China did not have access to a complete *Aeneid* until 1984. Translated by Yang Zhouhan, who studied English literature at Peking University in the 1930s, at Oxford University in the 1940s, and was later professor in the Department of Western Languages at Peking University, the 1984 prose version remains the most widely read and cited version. In the time between Virgil's bimillennial celebration and when it was first published, China had experienced the Sino-Japanese War, civil wars, the creation of the PRC, the cultural revolution, and was on the eve of opening up to the world. Decades of isolation meant that Yang Zhouhan had to rely heavily on pre-mid 1950s materials such as Alexander Pope via William Empson, Alfred Tennyson, Matthew Arnold, T. S. Eliot, C. M. Bowra, and C. Day Lewis for the interpretation of Virgil. In terms of classical scholarship, Yang only cited P. G. Walsh and R. D. Williams. ②Yet, his long introductory essay to the epic remains the best, most comprehensive, and accessible treatment of the historical circumstances, theme, structure, characteristics, and status of

---

① *Catalogue of Foreign Classical Literary Works in Translation 1949 – 1979* (1949 – 1979 Fanyi chuban waiguo gudian wenxue zhuzuo mulu), Zhonghua Shuju, 1980, 243.

② P. G. Walsh, *Introduction to P. Vergili Maronis Aeneidos*, Libri VII-VIII (Commentary by C. J. Fordyce). Oxford University Press, 1977; R. D. Williams, *The* Aeneid *of Virgil*. London: St. Martin's Press, 1972. Yang also consulted *The Aeneid*, translated by H. R. Fairclough. Loeb Classical Library, 1978.

the Virgilian poetry in Chinese. It should also be noted that the class struggle analysis was reduced to the minimum.

Yang did not agree with Alexander Pope's contemptuous comment on Virgil's *Aeneid* as a "political puff". Nor did Yang pick up R. D. Williams' comment that there cannot be any doubt that Virgil's public voice was sincerely optimistic. For Yang, Virgil's works were permeated with sadness and melancholy, and dominated by a separation motif as well as anxiety over losing the bucolic life. As a comparatist, Yang likened Virgil to the great Chinese poet Du Fu: "the lamentation and sorrow, either stated or implied in their poetry, indicates that both poets shared a deep compassion."① In many ways, Yang's interpretation of the *Aeneid* resembled Fu Donghua's discussed previously. However, Yang saw Virgil's belief in gods and fate as an indication of his hope for a better future. As an individual, the only thing one could do was to strive to be good, while all the rest had to be left in the hands of fate. Citing *Aeneid* I. 199, Yang interpreted gods and fate in the epic as the ultimate comfort, for they would eventually bring an end to disasters and sufferings.

Yang highlighted the new concept of heroism in the *Aeneid*, asserting that "Aeneas' deeds are all for the establishment of a new nation, new country; personal happiness must be subjugated through struggle. He is not an individualistic type of hero but a national hero, leader, and organizer as well as a national symbol".② Yang Zhouhan placed great emphasis on the enormous sense of mission of the epic. According to context, Yang rendered *pius* into "dutiful (zerenxinzhong)" (e.g., I. 305, 418), "fully committed

---

① Yang Zhouhan, "Virgil and the Chinese Poetic Traditions (Weiji'er yu zhongguo shige de chuantong)", *Peking University Journal* (Philosophy and Social Science) 5 (1988), 109. This paper was a Chinese translation of Yang's lecture delivered at Stanford University on November 12, 1987.

② Virgil, *Aeneid* (Ainie'asiji), translated by Yang Zhouhan. Yilin Publishing House, 1999, 20.

(kejinjuezhe)" (I. 220), "devotional (qianzhengde)" (I. 378; X. 783), and so on. Yang was of the opinion that as the personification of *pietas*, Aeneas' sense of duty towards gods, his country, and family would arouse sympathy and appreciation among the Chinese audience. However, his turning into an Achilles type of character at the end of the epic undermined "harmony and a sense of balance", which was compensated for by Virgil's sympathy for Turnus.

Since the 1980s, Aeneas' overwhelming sense of responsibility, his being a national rather than an individualistic hero, and his commitment to securing the destined greatness of the Roman nation has made him a much more acceptable, relevant, and in fact desirable hero in a rising China, who has been regaining her confidence. In 1999, the *Aeneid* was included in the *World Heroic Epics* series published by the Yilin Publishing House. The editorial preface of the series clearly defined epic heroes as "idealized heroes of a nation… They are the collective name for the victors in all kinds of struggles during the process of a nation's foundation, expansion and development". ① For the creators of the series, the value of epics as a genre lies in how they represented "cultural codes and unique characteristics of a nation" and constituted "important foundations of national consciousness and national spirit". The emphasis on epics as a window for understanding the characteristics and cultural codes of different nations was thus embedded in the contemporary quest for rethinking China's own national culture and its status in the world at the time of political independence and increased economic growth and openness to the world.

Conclusion

The importation of Western ideas and texts in China has certainly been a

① Virgil, *Aeneid* (Ainie'asiji), translated by Yang Zhouhan. Yilin Publishing House, 1999, "Editorial Preface (Chuban shuoming)".

highly selective process. Not all the Western classics made the cut. To fully understand cross-cultural interactions, therefore, it is important to examine not only which foreign ideas and texts have caught the attention of the *recipient* culture but also which ones have been neglected or marginalized. In contrast to his fame and long-lasting impact in the West, Virgil and his poems did not become particularly visible in China until the 1930s, and were not made widely available to the non-specialists until the end of the twentieth century. The desired heroism during the New Culture Movement, which favored heroes who were not submissive to authority, be it gods, fate, or tradition, along with the rise of the Chinese version of philhellenism, made the Greek world a major supplier of heroism and heroes, leaving little room for Virgil to thrive on Chinese soil in the first half of the twentieth century.

Whether as a target of praise, emulation, or criticism, Virgil has long been "present" in Western discourses on literary ideals, nation building, empire, and cultural universalism. Yet, for the majority of the twentieth century, Virgil, whether as text, inspiration, or poetry, was largely absent from China. It is worth noting, however, that at different stages of Chinese history in the past century, different interpretative approaches were employed to facilitate a positive reception of Virgil. Fu Donghua's emphasis on Virgil's critical spirit, Shi Zecun's emphasis on Virgil's humanism, Yang Xianyi's labeling of Virgil as the voice of the people, Yang Zhouhan's emphasis of the separation motif in Virgil and Aeneas' being a national hero can all be seen as ways to answer accusations of Virgil being inferior to Homer, lacking originality, and being a mere propagandistic instrument of Augustus. From this point of view, despite being sporadic and unsystematic, the introduction and translation of Virgil in the twentieth century has paved a positive way for his future reception in China.

In the past ten years or so, there has indeed been an outpouring of Chinese publications about Virgil, which are pulling Virgilian studies in China in new directions. While it is still too early to assess the impact of these publications, it is noticeable that the majority of them belong to a larger Straussian-inspired enterprise that aims at systematically introducing the Western canon and its interpretations. Regardless of the guiding principles of this new endeavor, it is noticeable that the hermeneutic analysis and attention to the intertextuality in the Virgilian texts have been elevated to a new level, a full discussion of which would require at least another paper.

Works Cited:

1. Domenico Comparetti, and E F. M. Benecke, *Vergil in the Middle Ages.* London: S. Sonnenschein & Co, 1895.
2. John Edwin Sandys, *A History of Classical Scholarship.* New York: Hafner Pub. Co, 1st ed 1908.
3. John Conington, *The* Aeneid *of Virgil translated into English Prose*, edited, with Introduction and Notes by Edgar S. Shumway. New York: The MacMillan Company, 1917.
4. E. H. Goddard and P. A. Gibbons, *Civilization or Civilizations.* New York: Boni and Liveright, Inc., 1927.
5. Karl Hermann Schelkle, *Virgil in der Deutung Augustins.* Stuttgart and Berlin: Kohlhammer, 1938.
6. John Erskine, *My Life as a Teacher.* Philadelphia and New York: J. B. Lippincott, 1948.
7. G. Seligson, *The Art of Vergil*; *Image and Symbol in the* Aeneid. Ann Arbor: University of Michigan Press, 1962.
8. R. D. Williams, *The* Aeneid *of Virgil.* London: St. Martin's Press, 1972;
9. P. G. Walsh, *Introduction to P. Vergili Maronis Aeneidos*, Libri VII – VIII (Commentary by C. J. Fordyce). Oxford University Press, 1977.
10. *Catalogue of Foreign Classical Literary Works in Translation 1949 – 1979* (1949 – 1979 Fanyi chuban waiguo gudian wenxue zhuzuo mulu), Zhonghua Shuju, 1980.
11. George deForest Lord and Maynard Mack (eds), *Poetic Traditions of the English Renaissance.* New Haven: Yale University Press, 1982.
12. Ulrich von Wilamowitz-Moellendorff and Hugh Lloyd-Jones, *History of Classical Scholarship*, Baltimore, MD: Johns Hopkins University Press, 1982
13. Joseph M. Levine, *The Battle of the Books*: *History and Literature in the Augustan*

Age. Ithaca: Cornell University Press, 1991.

14. Theodore Ziolkowski, *Virgil and the Moderns*. Princeton, N. J.: Princeton University Press, 1993.

15. Gideon Toury, *Descriptive Translation Studies and Beyond*. Amsterdam/Philadelphia: John Benjamins Publishing Company, 1995.

16. Wu Mi, and Wu Xuezhao, *Wu Mi's Self-Compiled Chronicle* (*Wu Mi zibian nianpu*). Beijing: Sanlian shudian, 1995.

17. Kirk A. Denton (ed), *Modern Chinese Literary Thought: Writings on Literature, 1893 – 1945*. Stanford: Stanford University Press, 1996.

18. Joan DeJean, *Ancients against Moderns: Culture Wars and the Making of a Fin de Siecle*. Chicago: University Of Chicago Press, 1997.

19. Virgil, *Aeneid* (Ainie'asiji), translated by Yang Zhouhan. Yilin Publishing House, 1999.

20. Zhou Zuoren & Zhi An, *History of European Literature* (*Ouzhou Wenxueshi*)". Hebei Jiaoyu Chubanshe, 2001.

21. Charles Martindale (ed.), *The Cambridge Companion to Virgil*. Cambridge University Press, 2006.

22. Geoffrey Atherton, *The Decline and Fall of Virgil in Eighteenth-Century Germany: The Repressed Muse*. Rochester: Camden House, 2006.

23. Craig Kallendorf, *The Other Virgil: "Pessimistic" Readings of the* Aeneid *in Early Modern Culture*. Oxford: Oxford University Press, 2007

24. Jan M. Ziolkowski and Michael Putnam (eds), *The Virgilian Tradition. The First Fifteen Hundred Years*. New Haven &London: Yale University Press, 2008.

25. Liang Qichao, *The Future of New China* (*Xinzhongguo weilai ji*). Guangxi Normal University Press, 2008.

26. Bi Yuan, *Constructing Common Knowledge: Textbooks and Cultural Transformation in Modern China* (*Jianzao changshi: Jiaokeshu yu jindaizhongguo wenhuazhuanxing*), Fujian Education Publishing House, 2010.

27. David S. Wilson-Okamura, *Virgil in the Renaissance*. Cambridge. UK: Cambridge University Press, 2010.

28. Joseph Farrell, and Michael Putnam (eds), *A Companion to Vergil's* Aeneid *and Its Tradition*. Chichester/Malden, MA: Wiley-Blackwell, 2010.

29. Li Sher-Shiueh, *European Literature in Late-Ming China: Jesuit* Exemplum, *Its*

Source and Its Interpretation (revised edition) . Sanlian Publishing House, 2010.

30. Susan A. Stephens, and Phiroze Vasunia, *Classics and National Cultures*. Oxford: Oxford University Press, 2010.

31. Phiroze Vasunia, *The Classics and Colonial India*. Oxford: Oxford University Press, 2013.

Receiving, then Denying: A Brief Reception History of Thucydides and His Work in China*

LI Junyang **

中文摘要 20世纪60年代之前，古希腊历史学家修西底斯的著作还没有传入中国，只在小范围的作品中被引用。六十年代之后，我国各个学科的学者们开始广泛地接触他的著作。最近，国家主席习近平的引用，使修西底斯受到了前所未有的关注。从探寻修西底斯著作在当代中国大放异彩的原因的角度，文章梳理了修西得底斯的历史学著作在中国由起初的历史学科到国际政治学科的接受过程，并在此基础上，对在中国被理解成“修西得底斯陷阱”的这一概念给予阐释。

关键词 修西底斯；接受历史；中国；政治

* This paper was presented at the 16th Conference of Comparative Literature at the University of South Carolina, Columbia, South Carolina, in February 28, 2014. Thanks to Professor Jinyu LIU (DePauw University)'s comment, I was able to correct some serious mistakes in this essay. I also owe thanks to other commenters at the panel.

** 作者为中国外交学院助理研究员，政治学博士。

Foreword

The recent prominence of Thucydides in China, and especially in international studies, calls for reflecting on his reception history. A brief survey of the literature in Chinese is in order. Among the labels that have recently been applied to him in China are: "a great ancient historian"①; "a political philosopher on polities, imperialism, war and peace"②; "a forefather of the

① For the earliest mentions of Thucydides fame as a historian in the 1980s, highlighting his historical materialism and his historiographic approach, see the following essays: 张广智:《试论修昔底德朴素唯物主义的历史观》,《复旦学报》(社会科学版) 1982 年第 4 期; 李长林:《修昔底德和〈伯罗奔尼撒战争史〉》,《历史教学》1984 年第 1 期; 朱龙华:《记实求真见史才: 读修昔底德〈伯罗奔尼撒战争史〉》", 《读书》1985 年第 7 期。In particular, there was a critical paper that refutes Collingwood's criticism of Thucydides and defends Thucydides and his work. This paper was unique because in its decade, Thucydides was mentioned no more than 10 times in all of Chinese academia. See 雷戈:《驳柯林伍德对修昔底德的指控》,《求索》1998 年第 4 期。Recent serious inquiries into Thucydides and his work include: 熊文驰:《"五十年危机": 战争何时"必然"到来? ——修昔底德〈伯罗奔尼撒战争史〉片论》,《外交评论》2013 年第 5 期; 陈玉聃:《战争始于何处? ——修昔底德的阐述与国际关系学界的解读》,《世界经济与政治》2008 年第 10 期。Thucydides is also studied in literary criticism. See 白春晓:《苦难与伟大: 修昔底德视野中的人类处境》, 复旦大学博士学位论文, 2010 年; 白春晓:《苦难与真相: 修昔底德"雅典瘟疫叙事"的修辞技艺》,《历史研究》2012 年第 4 期; 何元国:《科学的、客观的、超然的? ——二十世纪以来修昔底德史家形象之嬗变》,《历史研究》2011 年第 1 期; 黄洋:《修昔底德的理性历史建构》,《历史教学》(高校版) 2007 年第 6 期; 郭海良:《关于希罗多德与修昔底德作品中对神谕的描述》,《史林》2003 年第 6 期。

② Notable and successful efforts include the following essays. 魏朝勇:《西西里远征之后的叙事策略与政治——修昔底德〈战争志〉第 8 卷释义》,《中山大学学报》2008 年第 4 期; 熊文驰:《政治党争研究中的"动"与"静"——理解亚里士多德与修昔底德研究方式上的差异》,《国际观察》2013 年第 3 期; 陈玉聃:《修昔底德的人性论: 从国际关系思想角度进行的考察》,《上海市社会科学界第七届学术年会文集 (2009 年度) 青年学者文集》; 刘晨光:《修昔底德的"西西里远征"》,《希腊四论》, 华东师范大学出版社。There have also been efforts to translate recent research on Thucydides, mostly in terms of political philosophy: 刘小枫、陈少明:《修昔底德的春秋笔法》, 华夏出版社 2007 年版; 斯塔特编、王涛等译:《修昔底德笔下的演说》, 华夏出版社 2012 年版; 福德著:《统治的热望: 修昔底德笔下的阿尔喀比亚德和帝国政治》, 未已等译, 华夏出版社 2010 年版。Political thoughts of Thucydides are studies also in terms of justice, human nature, as well as: 毛丹:《修昔底德的正义观——对〈伯罗奔尼撒战争史〉的一种政治思想史解读》,《浙江大学学报》(人文社会科学版) 2003 年第 1 期; 易宁、李永明:《修昔底德的人性说及其历史观》,《北京师范大学学报》(社会科学版) 2005 年第 6 期。

'Realist School' in international politics"[①]; "an ancient source of modern decision making"[②]; as well as "an ancient source of foreign relations wisdom"[③]. No one of these labels, however, is complete in describing Thucydides himself, but all of them represent a certain aspect of his reception in China. These titles attributed to Thucydides display the varied history of Thucydides' reception in China. A century ago, he was nearly unknown to most Chinese people. Now, he is quoted by the President, by academia, and even by the public at large. It is this phenomenon that requires our attention.

The Reception

Introduction: in the discipline of history and the translations

Like many ancient Greek writers and thinkers, Thucydides remained nearly unheard of to most Chinese public up through the late 1950s. Before that

① For Thucydides as a "realist", see the following essays: 惠黎文:《修昔底德复杂现实主义思想的理论启示》,《国际关系学院学报》2009 年第 2 期; 徐莹、刘静:《修昔底德与现实主义国际关系理论》,《东北大学学报(社会科学版)》第 6 卷第 2 期(2004 年 3 月)。

② For efforts that relate Thucydides and his work to international theories, see: 李颖:《修昔底德的国际关系思想》,内蒙古大学硕士学位论文 2007 年; 张寒、郭小飞:《安全、荣誉和自己的利益——试析修昔底德的外交思想》,《湘潮》2014 年 3 月。

③ Note the recent surge newspaper essays on "The Thucydides Trap": 叶自成:《以中华智慧破解"修昔底德陷阱"——习近平关于构建新型大国关系的战略构想解析》,《人民论坛》2014 年 2 月下; 赵明昊:《中美如何超越"修昔底德陷阱"》,《东方早报》2013 年 10 月 14 日; 陈文鑫:《中美关系能否避免"修昔底德陷阱"?》,《中国国防报》2012 年 5 月 8 日; 孙英德、邓立志:《推动新型大国关系,绕开"修昔底德陷阱"》,《中国国防报》2013 年 6 月 11 日; 孙哲:《中美要力避"修昔底德陷阱"》,《人民日报》2013 年 7 月 5 日; 晏绍祥:《修昔底德陷阱与中美关系——评〈伯罗奔尼撒战争史〉》,《光明日报》2014 年 3 月 17 日; 叶小文:《中美如何走出"修昔底德陷阱"》,《人民日报(海外版)》2014 年 6 月 21 日; 余南平:《新型大国关系与"修昔底德陷阱"》,《文汇报》2014 年 4 月 21 日。Among the papers on the "Thucydides Trap", only this one is characterized by an historic approach: 吴必康:《"春秋无义战",抑或"修昔底德陷阱"?——英美渐进式霸权转移的历史和理论逻辑》,《学术前沿》2014 年 3 月上。

time, he was only cited a few times. There is no evidence that Thucydides' *Histories*, those stark and rigorous inquiries into what the author considered the greatest war ever, had been translated or even has been touched upon by many Chinese individuals, be they academics or members of the general public.

The first Chinese translation of Thucydides' work came in 1960. Up to the present, the Chinese people have three options if they want to read Thucydides' work in their native language: these are versions by Defeng Xie (谢德风)①, Yujin Wu (吴于廑), and Songyan Xu (徐松岩)②. However, the last version by Songyan Xu is translated from an English edition, not Greek③. None of these translations were made by political scientists, not to mention by experts on international politics or foreign relations, let alone classical philologist. Rather, these are produced by modern Chinese historians. They were the pioneers in introducing Thucydides to China.

During last century, China possessed few translators of classical Greek. While this is beginning to change, this remains the fact today. Given the understandable lack of a serious academic infrastructure for the study of western classics, throughout most of Chinese history, the choices of original texts, which were translated, have been highly personal, even idiosyncratic. One of the most prominent classical Greek translators, Niansheng Luo (罗念生), worked mainly on literature: Homeric poetry and tragedies. Another prominent translator of classical Greek, Yizhu Wang (王以铸), who did deal with historiographies, translated Herodotus,

---

① [古希腊] 修昔底德:《伯罗奔尼撒战争史》, 谢德风译, 商务印书馆1960年版。

② [古希腊] 修昔底德:《伯罗奔尼撒战争史》, 徐松岩译, 广西师范大学出版社2004年版。

③ 徐松岩:《关于翻译修昔底德著作的几个问题——兼答刘玮博士》,《史学理论研究》2010年第4期, 第138页。On this point, I owe serious thanks to Professor Jinyu Liu at DePauw University, who pointed out after presentation at the conference, that this version was not translated from Attic Greek but from English.

Sallust, Tacitus and Procopius but left out Thucydides. The reason for this omission, and the reason why his contemporaries neglected Thucydides as well, has yet to receive serious scholarly discussion in Chinese academia. I would argue that, since classical Greek translation is extremely difficult and highly time-consuming —— which means that the translators usually devote their whole life to doing it——they must be really interested in the texts they are translating. In that case, the interests of people are therefore quite personal and do not necessarily follow a logically discernible pattern.

Expanding: from history to political philosophy, then international politics

Ⅰ. World history

The decade of Cultural Revolution (1966 – 1976) was notoriously destructive in many respects, but was particularly harmful to academic research. Thucydides, who had only just begun to receive scholarly notice, all but disappeared from Chinese cultural discourse during this period. This fact began to change, however, in the academic "renaissance" of the 1980s. As attention turned to wide variety of world thinkers, and particularly those from the west, the reception of Thucydides' Histories gradually picked up steam once again.

Not surprisingly, Thucydides and his work find their way into the Chinese academia first among the scholars of world history, the discipline of his first translators. Initially, scholars in the faculty of political philosophy, of political science, and of international politics remained mostly ignorant. In the 1980s, the discipline of international politics still viewed the world primarily through the frame of the "international communist movement", in which Thucydides had never played a substantial part. Nonetheless, over the next decade as the discipline opened up to a variety of influences, international political scholars began to take a more active interest in

Thucydides' text. ①

Studies of Thucydides, however, flourished in the discipline of world history. The Histories become the subject of doctoral dissertations and of many essays in academic journals. The topics included the plague, the destruction of the herms, Athenian democracy, the speeches, as well as Thucydidean methodology, narrative strategies, and rhetoric. Most of the scholars and their researches on Thucydides are not explicitly politically driven at this time. At the beginning of the 21st century, a new version of Chinese translation of Thucydides' Histories was completed by a professor of world history in Southwestern University of China, Songyan Xu②.

Ⅱ. Political philosophy

Thucydides' Histories contains extensive narratives of warfare, diplomatic maneuvers and domestic partisan conflicts, which could serve as a common subject for both world history and international politics. However, the initial emergence of Thucydides in studies of politics did not originate in this common territory. Rather, it originated in political philosophy. As Leo Strauss, the American political philosopher who advocates reading-between-lines in classical texts, has become prominent in Chinese academia in the last few decades, professors and students alike have developed an interest in classical Greek writers. While not all of these scholars and students are necessarily "Chinese Straussians", thanks to the fervor inspired by his disciples, researches and

① For example, of the most famous schools of international studies in Chinese universities, School of International Studies at Renmin University was founded in 2000, School of International Relations and Public Affairs at Fudan University was founded in 2000, and School of International Studies, Peking University was founded in 1998. See the histories of SIS at Renmin University, SIRPA at Fudan University, and SIS at Peking University respectively at: http://sis.ruc.edu.cn/static/about/history/, http://www.sirpa.fudan.edu.cn/s/56/t/134/10/69/info4201.htm, http://www.sis.pku.edu.cn/cn/SchoolProfile/Pages/0000000001/do, visited June 30 2014.

② ［古希腊］修昔底德：《伯罗奔尼撒战争史》，徐松岩译，广西师范大学出版社 2004 年版。He is also the translator of the first Chinese version of Xenophon's Hellenica.

translations of notable classical Greek writers have been made more attractive than ever for students and scholars in fields other than history.

Thucydides was introduced into Chinese political philosophy by the translation of a chapter of Leo Strauss' *the City and Man*, which was published in an essay collection. That essay collection was imaginatively titled "The 'Spring and Autumns' Style of Thucydides."① In this essay collection, Thucydides, was introduced and analyzed in comparison to Plato, with whom he is contrasted. Not all Chinese scholars agree with this simple opposition between empirical history and speculative philosophy. Nonetheless, despite the contention the "Chinese Straussians" have ignited, they have played a crucial role in bringing Greek classics to prominence in China, and this is particularly true in the case of Thucydides.

Thucydides and his work fit well in political philosophy. Popular topics in this field derived from Thucydides include speculation on the nature of polities, esoteric readings of the speeches in the *Histories*, and the deciperhing of Thucydidean narrative strategies. To take an example, in a recent book, Professor Chaoyong Wei (魏朝勇) of Sun Yat-Sen University, not only opposed the "Thucydidean way of political life", which he qualified as "natural", to the "Platonic way of philosophy life", which he qualified as divine, but he also offered a close reading of the absence of speeches in Chapter VIII, which he held as an esoteric teaching that Athenian courage had been converted to the Spartan-style prudence. Such interpretation is highly hermeneutic, philological and philosophical②. Such Straussian-inspired political philosophers seek to read between Thucydides' lines because he sometimes contradicts himself. However, there are a variety of possible explanations for such contradictions. It may be as simple as, Thucydides

---

① 魏朝勇:《自然与神圣:修昔底德的修辞政治》,华东师范大学出版社2010年版。

② 惠黎文:《修昔底德复杂现实主义思想的理论启示》,《国际关系学院学报》2009年第2期。

contradicts himself because his theme and the story he has to tell was both personally painful and yet Thucydides still wished to remain an advocate his fatherland Athens. The question of Thucydides's esoteric teachings remains an open one in contemporary Chinese political philosophy.

Ⅲ. International politics

As discussed above, Chinese studies on Thucydides first moved into the study of politics via political philosophy. However, since the analysis of warcraft, diplomatic maneuvers, and domestic conflicts are legitimate subjects of international politics, scholars of political science, especially international politics, would not keep a blind eye to Thucydides for too long. Scholars of international politics were late, but they were able to catch up quickly on the following subjects in Thucydides' work: "realism", imperialism, war and peace, as well as partisan conflicts and their influence to the international affairs.

Thucydides has long been considered as a forefather of the "Realist School" in studies of international politics. This is not only true in China but has been a fact in other countries' academia for a long time Thucydides' decisive attempt to separate his work from that of Herodotus and other logographers has been of central importance in this regard. He restricted his inquiries and narratives largely to political issues and warfare. It was this more restrictive focus that has made Thucydides suitable for the title "father of the realist school". He had no time for sentimentality, digressive inquiries, or mythological excursus. Scholars crown his inquiries as "complex realism"[①], as a far father of Machiavelli, and as a sophisticated model for realism against the simple, structural realism of someone such as Kenneth Waltz.

① 惠黎文：《战争中的民主与共和》，中国人民大学 2007 年博士学位论文。陈玉聃：《人性、战争与正义》，上海人民出版社 2012 年版。李隽旸：《战争与自由衰变——对帝国的古希腊拥戴与抗辩》，中国人民大学 2013 年博士学位论文。

Research in the discipline of international politics is not like that done by political philosophers, nor like that done by world historians. Each produces their own Thucydides. On the one hand, though the Straussian inspired philosophers try to read Thucydides' work between the lines and treat him as an esoteric teacher, for members scholars of international relations Thucydides is not an extremely esoteric writer——his teachings are rather explicit. On the other hand, though the world historians find interesting things in Thucydides and his work, Thucydides remains a historian who is very oriented toward politics.

The interest by Chinese researchers of international politics in Thucydides has only grown in recent years. Warfare, diplomatic maneuvers and domestic conflicts are the genuine themes of Thucydides. The number of research papers continues to amount. A series of new translations are starting to emerge. There are at least three doctoral dissertations that have treated Thucydides and his work as a major subject.

Meanwhile, in the classroom, the studies of Thucydides have never been hotter. Fudan University, a leading university in China, has offered a range of Thucydides-themed courses across the curriculum. To my knowledge, there are some other university faculty members who are considering designing similar courses for their own students. Professors of international politics have found an important and classical text for their students to read and speculate on.

This mania for studying Thucydides also causes scholarly problems. Among the international politics papers devoted to studying Thucydides, some researches produce untenable assertions. For instance, a scholar asserts that he has found aspects of "soft power" in the Histories, and another scholar insists that he knows well about Thucydides' ideas of peace. Although these papers are rare, they indicate an inevitable trend in most reception histories: as texts become more popular their readership begins to outpace the number of scholars with serious credentials to read and interpret them.

The "Thucydides Trap"

The recent prominence

Recently, many conceptions have been created and have been introduced to China, through studies on Thucydides and his work. Among the most prominent is the "Thucydides Trap". According to the inaugural issue of World Post①, Xi Jinping, the Chinese president, mentioned Thucydides in a meeting with some foreign representatives in Beijing②, in November 2013: "We all need to work together to avoid the Thucydides Trap-destructive tensions between an emerging power and established powers, or between established powers themselves"③. This quotation was made to support an idea that all nations, no matter occidental or oriental, are bound to seek hegemony, but China, according to the President, is an exception. This meeting was covered by Chinese media, but the citation of Thucydides was not mentioned④. However, when this quotation reached the Chinese via the World Post and various Hong Kong media, it attracted a great deal of attention.

Well before this quotation, evidence suggests that Thucydides was already been perceived as a source of diplomatic wisdom among high-ranking officials. In the People's Daily, China's most importance official newspaper,

---

① World Post is the foreign affairs section and a partnership with the Huffinton Post.

② The representatives are members of the Berggruen Institute's 21st Century Council, who were in a conference with the Chinese government in Beijing in November, 2013. At this conference, current State Councilor Yang Jiechi addressed the audience. 人民网, http://politics.people.com.cn/n/2013/1103/c1024-23412669.html, visited February 25, 2014.

③ http://www.huffingtonpost.com/2014/01/21/xi-jinping-davos_n_4639929.html, visited February 25, 2014.

④ 《人民日报》2013年7月5日。

July 5th 2013, an article by a professor at Tsinghua, a leading university in China, discusses the concept of the "Thucydides Trap" by explicating how relations between Athens and Sparta developed from peace onto rivalry①. This article refers not just to the president's speech but also to another precedent——a Chinese version of an article by Javier Solana de Madriaga in the year of 2013②. Javier Solana is a diplomat in the EU. His essay employs the concept of the "Thucydides Trap" to encourage people to speculate on EU-China relations. There are other newspaper articles, altogether more than five pieces, that talk about the Thucydides Trap. This an unusually large number, specially when we realize that Thucydides never actually mentions such a trap per se. In fact, the Thucydides Trap is a late invention, a concept formulated by the American political scientist, Graham T. Allison③.

The motivation

There is a motivation, then, beyond the purely textual or philological in the President's citation and the Thucydides-mania that ensued. Robert Zoellick, former president of World Bank group, in the July-August issue of *National Interests* which immediately followed President Xi and President Obama's Sunnylands meeting in June, pointed out that, there is a need to reconcile the "strategic outlooks"④ of China and of the U. S. We need to make sure that their emerging relation does not mimic that of Athens and Sparta and Thucydides can perhaps give us some unexpected resources in the endeavor. China has proposed to build a "New Type of Great Power

① 哈维尔·索拉纳：《修昔底德陷阱下的欧中关系》，《中国新闻周刊》2013 年第 37 期，第 19 页。

② http: //en. wikipedia. org/wiki/Graham_ T. _ Allison, visited February 25, 2014.

③ Robert B. Zoellick, "U. S. , China, and Thucydides", *National Interest*, July-August, 2013.

④ On the "new type of great-power relationship", see: 新华网，"中美新型大国关系的由来", http: //news. xinhuanet. com/world/2013-06/06/c _ 116064614. htm, visited August 14, 2014.

Relationship" with the U. S. ①, while the United States suggested "a new model of relations between an existing power and an emerging power" ②. Each country persists in insisting on their own formulations. Is it possible then that by citing Thucydides, the president of China is moving toward the United States by borrowing a term that is occidental in origin? Is this phrase a concession?

Phrasing an oriental idea in occidental terms

Such a position would be an oversimplification. Yes, the terms are occidental: Greek and American. "Thucydides" is classical Greek, and "Thucydides Trap" is an American conception. In this phrase, there is nothing Chinese in its verbal sense. However, by adopting these foreign terms, President Xi's quotation focused on what has long been the Chinese position. The essence of President Xi's assertion is that "the argument that strong countries are bound to seek hegemony does not apply to China. This is not in the DNA of the country given our long historical and cultural background"③. Despite its Greek disguise, however, this assertion is more an ancient Chinese idea than a Greek story.

First, the Greek color in this phrase is, at best, untenable. Serious Chinese Thucydides experts would argue that China and Athens hardly have anything in common. Firstly, China and Athens are very different in terms of their historical contexts, international structures, political dynamics and implications, all of which have vital international political implications. Only to take a few examples. China is a continental country, while Athens is a sea power; the Greek world mostly dominated by the Peloponnesian League and

---

① Robert B. Zoellick, "U. S., China, and Thucydides", *National Interest*, July-August, 2013.

② http://www.huffingtonpost.com/2014/01/21/xi-jinping-davos_n_4639929.html, visited February 25, 2014.

③ Thucydides, i. 88.

the Delian League is more like the world during the Cold War period than the world of today. One can hardly make any reasonable analogy between the two. Secondly, the contention that China and Sparta have anything in common is even less tenable than an analogy between China and Athens. Basically, the "Thucydides Trap" is about an emerging power and the established powers. Structurally, the "Thucydides Trap" is also about the bilateral dynamics and possible tensions, conflicts, and wars between them. In 431 B. C., it was Sparta, not Athens, that was the established power who has developed a fear of an emerging power①. Today, one has no reason to assert that China, a developing country, is the established power. Thus, any analogy based on this assertion——that China is like Sparta in 431 B. C.——while trying to adopt the "Thucydides Trap" in analysis needs to think about its assumption twice.

Second, President Xi's assertion is a negation. It negates an old story of the West——the strong countries are bound to seek hegemony, as embodied in Thucydides and his work——a view that however is inconsistent with the "long historical and cultural background"② of China, which from the time of the Middle Kingdom has been more focused on its internal needs and interests than on the domination of others. Thucydides and his work have been received in China, yet what we see here is that Thucydides and his fame are being used to deny the implications of the story he has told——at least as understood by some American scholars such as Professor Allison. By contrast, some Chinese foreign policy analysts would assert that "there exists a considerable risk of falling in the 'Thucydides Trap' if great-power relations are treated with the Western norms. Yet, if great-power relations are treated by adopting a traditional Chinese philosophy this risk would be minimal", as

① Thucydides, i. 88.

② 叶自成：《以中华智慧破解"修昔底德陷阱"》，人民网，http://politics.people.com.cn/n/2014/0320/c1001-24688470.html, visited August 15, 2014.

a professor of diplomacy at Peking University recently put it.

The lack of scholarly discussion

Despite this fervor to quote and analyze "Thucydides Trap", there has not been sufficient academic discussion of the concepts behind "Thucydides Trap" to this point. No doctoral dissertations in any discipline have dealt with this subject. No one has written a book that would provide an intensive analysis on this phrase. There exist a few academic essays, several panels at conferences and symposia. To take one example, there was a panel titled "Thucydides and its modern relevance" at the Chinese Community of Political Science and International Studies (CCPSIS) annual conference of 2014, which has always been considered as a panorama of political science and international studies in China. In this panel, most paper touched upon the "Thucydides Trap".

Due to its presence in some important figures' discourse, and its absence from real academic discussion, I would argue that Thucydides, whose reception in China has come through a zigzag road, has ultimately become a popular conception among the public at large. The implication is that Thucydides, who was virtually unknown before 1960s, not only has found his way into the Chinese academia, but also has found its way into the common discourse, by being abstracted, generalized, somewhat distorted, stereotyped, and negated. This is a common reception pattern and parallels can be found in some of Thucydides' Chinese counterparts. During this time, the reception Thucydides has, in fact, been more politically-driven than ever.

Conclusion

Overall, the reception history of Thucydides and his work in China has been a bit circuitous. At first, in the introductory period, though very sparsely located, the studies of Thucydides were tightly focused on Thucydides himself, on his historiography. In this stage, translation dominated. Then later, as the studies of Thucydides expanded, the historian and his work came to be known to more people than before, and its major type of reception diverted from translation to in-depth research into particular issues. During this process, many disciplines were involved. Last, in its most recent stage, Thucydides and his work have been less attractive to historians. By contrast, ideas, theories, and even clichés and stereotypes that are rooted in or only attributed to him and his work, are becoming pervasive. At this stage of reception, paraphrasing Thucydides in the media and political discourses has become the new major route of his reception. It is in this environment that the notion of the "Thucydides Trap" has attracted so much attention in China. It has in fact become a type of shorthand used negatively to express the superiority of Chinese philosophy, without necessarily defining what that is. Meanwhile, I do expect studies in Thucydides to continue in China. On the one hand, real historical inquiries into Thucydidean work and the history of that period has yet to be developed by Chinese scholars. On the other hand, the name of Thucydides will continue to be mentioned frequently——even if he might well be quoted negatively or even misleadingly.

Works Cited:

1. ［古希腊］修昔底德：《伯罗奔尼撒战争史》，谢德风译，商务印书馆 1960 年版。
2. ［古希腊］修昔底德：《伯罗奔尼撒战争史》，徐松岩译，广西师范大学出版社 2004 年版。
3. 刘晓枫、陈少明：《修昔底德的春秋笔法》，华夏出版社 2004 年版。
4. 福德：《统治的热望：修昔底德笔下的阿尔喀比亚德和帝国政治》，未已等译，华夏出版社 2010 年版。
5. 魏朝勇：《自然与神圣：修昔底德的修辞政治》，华东师范大学出版社 2010

年版。
6. 斯塔特编：《修昔底德笔下的演说》，王涛等译，华夏出版社 2012 年版。
7. 陈玉聃：《人性、战争与正义》，上海人民出版社 2012 年版。

Wisdom as Knowledge and Wisdom as Action: Plato, Heidegger, Cicero, and Confucius

Paul Allen Miller*

中文摘要 文章在简要介绍海德格尔西方玄学的理论的基础上，对玄学与柏拉图的理式世界和洞穴理论的比喻关系进行分析。随后分析了福柯精神实践作为理式世界另一种理解的理念。这种反理论霸权的思维方式在柏拉图的语料库中早有先例，而且在修辞学传统方面，尤其是西塞罗的理论中也能找到证明。同时，文章还对孔子的代表著作进行分析，阐释在东方传统哲学文本中存在的与福柯不谋而合的有关真理和智慧的理念。

关键词 真理（理式世界）；精神；海德格尔；柏拉图；孔子

One of the most salient points of comparative work and particularly of work between what can at least at first appear to be the incommensurable traditions of discourse in Europe and Asia is the uncovering of different conceptions and practices of wisdom. If we compare the earliest texts of Chinese philosophy, with the founding moments of western philosophy, particularly in Plato, we quickly discover, most especially if we are working

* 作者为美国南卡罗来纳大学比较文学与世界文学专业教授，文学博士。

within dominant traditional self-understandings of each tradition, that their precomprehension of what it means to make a true statement, of what it means to be wise, of what it means to hold a meaningful discourse, seem to be very different. From an all too typically arrogant position of western philosophy, we are told that the Confucian texts, the early Buddhist scriptures, the Dao, are if not simply confused, then mere repositories of a certain practical wisdom, but certainly not philosophy, not discourses of truth. Yet what the exercise of translation across the centuries and across cultures—translation both as a linguistic and hermeneutic practice—reveals is how problematic all these categories are, and how ultimately they are not adequate to their own traditions, covering over as much they reveal. In short, what I want to argue today is first that an attentive reading of the Confucian texts or, I would submit, of early Buddhist texts, and I am sure of others as well with which I am less familiar, can be used to destabilize our own self-understanding and open our discourse, and perhaps more importantly, our students' discourse, to new practices, new languages, and new arts of wisdom and truth. The second thing, I want to argue is that reading from within this comparative perspective, that is both across space and across time, reveals these traditions themselves to be more heterogeneous, more divided against themselves than previously thought.

In what follows, I shall first briefly outline Heidegger's concept of Western Metaphysics and its relation to truth and Plato's myth of the cave. I shall then look at Foucault's concept of spiritual practice as an alternative concept of truth, not as something seen or stated but as something done, as the love of wisdom. This counterhegemonic position will be shown already to exist within the Platonic corpus itself in texts such as the "Seventh Letter" and the *Laws*, but even in such metaphysical classics as the parable of the divided line. I will argue that it can also be seen within the rhetorical tradition, particularly within the works of Cicero, wherein the distinction between knowledge and action is consistently undermined, and hence that between subject and object, knower and known. I will then turn to certain representative Confucian texts to demonstrate the presence of analogous conceptions of wisdom in the foundational texts of the East Asian tradition. In so doing, I will show that what appears at first to be a discourse of resistance in the West——although one that upon reflection turns out to be the common currency of poetry, rhetoric, and the spiritual——functions in stead as the dominant in the wisdom traditions of the East, even as each discourse retains its own particular characteristics.

We begin then with Heidegger, the thinker whose conceptualization of Western Metaphysics has proven formative for the last eighty years of continental philosophical thought, even as his political legacy has become increasingly troubling. It was Heidegger's contention that the regime of truth under which the west operates was installed most visibly with Plato's myth of the cave (Oudemans and Lardinois 229; Heidegger "Plato's Doctrine of Truth", 155). In Heidegger's formulation, élÆyeia, the Greek word for "truth", or literally the "unhidden", becomes with Plato not a property of Being's self revelation but of the relation between already constituted subjects and objects (Heidegger "Plato's Doctrine of Truth", 167 - 68, 178; Jones 189). Truth after Plato's myth of the cave is not located in realm of Being, the ground of existence, but in that of the "ontic" or the world of entities and objects that we, as subjects, relate to the concepts we possess of their nature, concepts which are either more less correct (*orthos*, cf., Heidegger *Being*, 31). Thus, the humans chained in Plato's cave relate the images projected on the wall before them to the understandings they have formulated of their nature, while the enlightened philosopher on a higher plane relates the phenomenal world of things to their ideal essences (515b4 - c2, 517b4 - 6).

Truth, in this world, is a property of the thoughts of the subject, not of the world that enfolds both consciousness and its other (Heidegger "Plato's

Doctrine of Truth", 177, 182; Mortensen 180 – 81). This shift in the nature and concept of truth, Heidegger claims, is the beginning of metaphysics (Heidegger "Plato's Doctrine of Truth", 181). What Heidegger means by "metaphysics" is representational thinking: in the post-Platonic tradition, the world exists for us as a series of "pictures", which are judged and evaluated through the concepts possessed by the subject (Heidegger "Age of the World Picture"). Philosophy is the critique, refinement, and manipulation of those concepts. Metaphysics for Heidegger takes the world as a closed unity whose objects exist for use: a finite set of means to a pre-existing set of ends. Life becomes a problem for technology to solve (Irigaray123; Mortensen 80).

Now I do not want to take Heidegger's reading as absolute, and indeed I am going to problematize it in a moment, but I do think it does a good job of describing one vision of truth and philosophy that has been dominant in the West and that still dominates most Western social scientific and educational thinking, and in our globalized community has become increasingly hegemonic. It assumes at its core, a free stranding subject who makes more or less accurate statements about a world of objects that stand in simple opposition to that subject: this is the world of the countable, of technology, and of outcomes assessment. It is the world of classical Newtonian science and of the Cartesian subject. Philosophy, the love of wisdom, on this view, becomes the art of insuring that our statements portray an accurate relationship between our mental representations and their external objects (logic), of refining those representations in conformity with their objects (epistemology), and of properly delimiting the nature of the objects to be represented (metaphysics). It becomes the cop on the beat of knowledge, a kind of consumer protection bureau in the market place of ideas.

But as Michael Foucault has argued, within Western Philosophy, beginning with Plato himself, there exists an alternative tradition, which he labels that of the "spiritual practice", i. e.:

> The research, the practice, the experience, by which the subject operates on himself the transformations necessary in order to have access to the truth. We will call "spirituality", then the body of researches, practices, and experiences, which can be purifications, practices, renouncements, turning of the gaze [as in the cave], and modifications of existence that constitute, not for knowledge, but for the subject, for the very being of the subject, the price to pay for access of the truth. (Foucault *Herméneutique du sujet*, 16 – 17).

The primary example might well be the passage from Plato's *Seventh Letter* in which authentic knowledge is described as coming not from written summaries of things known——and hence from the mere truth or falsity of the statements contained therein——but from the continual interaction between master and student (*tribē*) that produces the spark of enlightenment (341 b – e). This interaction, I would contend, can also be seen in various ironic practices in the dialogues themselves in which what seem to be statements of truth or falsity are called into question, undermined, or reinterpreted from a radically different perspective.

Thus, while Plato is exhibit A in Heidegger's thesis on the dawn of metaphysics in the west, he is also in many ways its strongest, because initial, point of resistance. Heidegger would not per se disagree. Plato is for him the hinge on which the pivot toward the metaphysical first occurs, but, as such, he represents a movement between two understanding of truth and wisdom or, better, of truth versus wisdom. The myth of the cave is not the culmination of that movement, but its beginning.

In fact, as Foucault and others have understood, the Platonic text provides some of the strongest moments of resistance to metaphysical Platonism (Derrida 81 – 83; Gadamer 260; Jones 43; Sallis 48 – 49; Wolff 241 – 42; Zuckert 72, 235). Even such metaphysical classics as the parable of the divided line, in which is described the move from representation to the noetic realm of the ideal, on which all representation is said to depend, and which can therefore be said to be philosophy's true object, turns out always to have an unassimilable remainder, always to have a moment of excess that undermines the separation of subject, object, and representation on which philosophy as the pursuit of wisdom is said to depend. In short, while the parable of the divided lineappears to posit a moment beyond representation on which representation itself, and hence all the divisions of the ontic world that flow therefrom, is predicated, in point of fact the parable itself reveals the impossibility of that purely transcendental moment ever arriving. Indeed, if we read carefully the final description of the noetic in the critical passage, we quickly see that rather than qualifying it as the exclusion of the world of semblance (*doxa*) and of likeness (*eikōn*), it asserts the impossibility of completely escaping that world, even as it posits a different use and different relationship to the doxic or to "the way things seem". What follows is a very literal translation, which strives to make apparent the complex semantic and imagistic play in Plato's Greek:

> This then is the *eidos* of the intelligible (*noēton*) of which I was speaking with the soul compelled to use the assumptions it has put under itself (*hupothesesi*)① concerning the pursuit of this *eidos*, not going to the first principle (*archēn*), since it is not able to step out from (*ekbainein*) and above its assumptions, but using as likenesses (*eikosi*) the things from which likenesses are made (*apeiskatheisin*) below and those things which in relation to those others have been judged manifest in accordance with their appearance (*enargesi dedoxasmenois*) and are honored. (511a4 – 9)

① Compare 511b4, where the hypotheses are not simply assumptions, but are that which you place (*tithēmi*) under (*hupo*) yourself, that you then step off of as you approach being.

The noetic, then, is not a realm of pure intellection. Even at the top of the divided line, the soul's intellection is dependent on the hypotheses that it has placed under itself as assumptions like steps or scaffolding: it is an action dependent on a base. The noetic does not escape representation (*eikosi*). It does not escape inscription. But its relation to representation is different from either immediate experience or *dianoia*, thought, "thinking-through". Rather than taking its assumptions as axioms to be used to create deductions in the manner of a geometric proof, the noetic soul uses those assumptions themselves as likenesses. These mental images are opined/judged/believed in (*doxazō*) on the basis of the way they seem to be clear or visible (*enargēs*) in relation to the more common category of images, that is to say, on the basis of the way they appear. These likenesses are not used to create self-identical chains of deduction but to explore their own premises and that which lies beyond them. In this way the philosopher is not trapped in a purely self-referential dream as in the cave (*onar*), but is the one who has a vision that points beyond itself (*hupar*) by refusing to leave its own assumptions unquestioned (*Republic* 533b – c3). The Platonic philosopher, then, is precisely the thinker who does not mistake the similar for the self-identical, but rather always uses the realm of semblance as way to go beyond not only its seeming self-evidence but also our own definitions of other and same. Thus at the end of the Myth of the Cave itself, we are told that the enlightened philosopher, who has been freed from the shackles of the cave and drug into the light of the sun, and becomes accustomed to the light, even he, scarcely is able to see (*horasthai*) the idea (*idea*) of the Good. He does not intuit it, he does not know it, he literally almost, with difficulty (*mogis*), catches a glimpse (*Republic* 7. 517b7-c4). Philosophy, on this view, desires what it lacks not so it can confirm its own self-identity, and not so it can prescribe that to others, but so it can transform itself, so it can become other (Foucault *Usage des plaisirs*, 15). It is an action. Wisdom is not something you know in a disembodied way, it is something you do.

This distance, then, between knower and known is less than it might appear. On one level, knowledge clearly resides in the possibility of correct representation, in the correspondence between our intuitions, their objects, and the propositions and judgments we formulate there from. But on another the ability to receive those intuitions, to delimit those objects, and to form those propositions are in Plato and the entire spiritual tradition described by Foucault dependent on a series of repeated actions, regular practices, and recognized forms of behavior that make these seemingly disembodied actions possible. This is perhaps nowhere so clear as in forms of traditional education and ritual that also serve as technologies of self-formation in a given cultural context.

Once this aspect of Platonic philosophy is recognized not as an accidental excrescence or a mere rhetorical ornament but as an essential moment in the Platonic love of wisdom, then certain passages that previously puzzled interpreters become explicable. One of these is the extensive discussion of the Athenian institution of the symposium or "drinking party" that stretches across books 1 and 2 of the *Laws*. We begin with the Athenian stranger discussing with Clinias form Crete and Megillius from Sparta their respective laws and traditions. Drinking parties we discover are forbidden in the austere military cultures of the Cretans and the Spartans but are considered an essential part of Athenian civilization, whereas within their martial cultures communal meals are considered to be an essential part of their political civilization, but in Athens they are strange and forbidding customs (*Laws* 626c). The decision to spend so much time discussing what on many levels seems to be a frivolous activity that has very little to do with the noetic world of philosophy has struck more than one commentator as odd. And yet the discussion of the proper role of the drinking party in community life serves as the preamble for Plato's final work of political philosophy. Indeed our friend the Athenian stranger seems to have spent a great deal of time both attending and reflecting on them:

> I have come across a great many, in different places, and I have investigated nearly all of them. However I have never seen or heard of one that was properly conducted throughout; one would approve of a few insignificant details, but most of them were mismanaged virtually all the time. (639d - e, Cooper 1333)

The search for the perfect drinking party indeed has led many of us far afield. Yet the Athenian stranger's search and indeed that of us all is not purely a search for immediate pleasure, it is in fact also a search for knowledge and wisdom through practice, for a way of being in the world, even if that is not always or even often the result.

The well-regulated drinking party, the Athenian stranger tells us, is a mini society with its own rules and leadership. It builds bonds of social solidarity through mutual enjoyment. It becomes the centerpiece for an entire theory of culture:

> I don't want to make you feel that I am saying an awful lot about a trivilality, if I deal exhaustively and at length with such a limited topic as drinking. In fact, the genuinely correct way to regulate drinking can hardly be explained adequately and clearly except in the context of a correct theory of culture; and it is impossible to explain this without considering the whole subject of education. (642a, Cooper 1336)

Through drinking we test the character of our companions in a controlled setting and learn the limits of our selves. Our courage becomes exaggerated, our inhibitions lower, and in the bosom of an esteemed social institution we are able to have experiences that if undertaken sober or in isolation from others would be considered socially unacceptable or even pathological. "I want to think back over our definition of correct education, and to hazard the suggestion now that drinking parties are actually its safeguard, provided they are properly conducted on the right lines" (653a; Cooper: 1344). The well regulated drinking party——and the regulations are key if chaos is not to ensue——becomes a laboratory of experience and a direct means of education that has very little to do with the detached autonomous subject of metaphysics we find in Heidegger's reading of the cave. Rather education is a process of training the body and the mind in limit experiences that in turn accustom the soul to the appropriate pleasure and create disgust at the inappropriate:

> Education has proved to be a process of attraction, of leading children to accept right principles as enunciated by the law and endorsed as genuinely correct by men who have high moral standards and are full of years of experience. The soul of the child has to be prevented from getting into the habit of feeling pleasure and pain in ways not sanctioned by the law and those who have been persuaded to obey it; he should follow in their footsteps and find pleasure and pain in the same things as the old. That is why we have songs, which are really "charms" for the soul. These are in fact deadly serious devices for producing the concord we are talking about; but the souls of the young cannot bear to be serious, so we use the terms "recreation" and "song" for the charms. (659d - e; Cooper 1350 - 51)

Drinking parties, poetry, song, specific types of food, various bodily practices all become methods of training or attuning the soul, making it able to receive knowledge and pursue wisdom, not as an object separate from it, but as a process in which the self is transformed in relation to both itself and its other.

This is not to say that Heidegger's diagnosis of the pivotal role played by the myth of cave is simply wrong. The metaphysical tradition in the west finds its origin in Platonism as a specific form of abstraction from the Platonic text. That abstraction as refined in the neo-Platonism that becomes the intellectual bedrock of Augustinian Catholic theology and of the understanding of the individual soul's relation both to a timeless realm of god or the forms and a fallen separate world of objects, which it was that soul's both duty and right to use, manipulate, and subjugate, to technologize in a series of discrete actions that could then be assessed as separate from the experience of that subject. This gradual refinement and separation of the metaphysical subject in many ways reaches its apogee with Descartes's cogito, the point at which Foucault observes the definitive separation between any concept of philosophy and that of a spiritual practice. But what we clearly see in the concept of *tribē* in Plato's "Seventh Letter" —i. e., the "labor" between master and student, but also the "rubbing" or "friction" that creates a "spark" —is that there is simultaneously present within the history of Western thought an alternative tradition of wisdom as embodied practice, as ritual, as song, as poetry. It is this conception of knowledge/wisdom/education that we observe in the lengthy and odd discussion of the Athenian institution of the symposium at the beginning of Plato's final reflection on politics, the *Laws*. Likewise, even the famous simile of the divided line—— in which a theory of knowledge is proposed as completely separate from the realm of appearance, from likeness and representation, a realm of pure ideas, according to the classical reading of Plato, a notion which must be formulated before the myth of the cave can have its full effect— is shown to dwell in the realm of appearance, not only owing to its status as a *simile* but also in the very formulation it makes of it highest noetic stage. The realm of *noesis* comes in to being not as the pure contemplation of a divine essence but as a mode of action achieved through the placing of assumptions, which take the form of likenesses, under the subject. These *hypotheses* allow the subject to ascend to a point wherefrom they can themselves can be questioned rather than, as in *dianoia*, to descend from those assumptions, through a series of de-ductions, in order to reach a set of firm conclusions about objects in the world and their proper use.

Anyone familiar with Buddhist meditation practices or various forms of yogic practice will instantly see a parallel between these eastern traditions of wisdom and the concept of spiritual practices as outlined by Foucault, and as traced by him and his main influence in this regard, Pierre Hadot, throughout the ancient Western philosophical tradition. What is perhaps most telling about Foucault's work in this regard is that he demonstrates the presence of an alternative tradition within the very citadel of what Heidegger would term western metaphysics, showing the presence of a counter hegemonic tradition within the dominant from the very beginning, and indeed one that I would argue becomes all the more visible when the western philosophical tradition is read with/against/along side its supposed other.

The notion of true wisdom as embodied action rather than pure noesis, while at times problematic in the history of philosophy, is found strongly attested within the rhetorical tradition. We can see this in Callicles' response to Socrates in Plato's *Gorgias*, but even more clearly in the philosophical and theoretical works of Cicero, where he is always at pains to distinguish the enlightened Roman *orator*—speaker, lawyer, politician, thinker——from the idle Greek philosopher. This is not a simple matter of prioritizing the practical over the theoretical or even the Roman over the Greek, but rather a profound calling into question of these very oppositions in a way that has often gone appreciated.

Thus if we look at the opening discussion of the *De Oratore*, the opening question is why are there so many generals in Rome, yet so few true orators. The orator is not merely the slick talker, the man who can argue both sides of any question, the sophist who can make the weaker argument the stronger. He is a leader. But he also not the man of unreflective action, of brute force, of *vis* rather than *virtus*. The status of action as an end in itself is problematized from the beginning of the dialogue, which Cicero dedicates to his brother Quintus, who seemingly has no time for his elder brother's intellectual preoccupations (1.5-8). Yet any notion of pure knowledge as separate from embodied action is equally problematic for Cicero. Ciceronian oratory, when properly executed, is neither a mere knack or craft, nor is it the simple and opportunistic manipulation of the audience but it is rather asynthesis of all the lower arts, a kind of *summum studium* (1.17).

In Book 1 of the dialogue, Crassus the archetypical Roman orator, who has no time for intellectual speculation for its own sake, nonetheless demonstrates a detailed knowledge of a wide range of Greek philosophy and particularly of the *Gorgias*. Unlike Plato who contends in the *Phaedrus* that a true *rhetor* must be a philosopher, Crassus argues that philosophers, in so far as they are persuasive, must be orators. Thus, even if Socrates carries the day against his rhetorically trained adversaries in the *Gorgias*, he does not, according to Cicero, thereby demonstrate the superiority of philosophy over rhetoric, but rather that the ideal philosopher and the ideal orator are ultimately one. Indeed, Crassus suggests, the ideal orator would ultimately trump the figure of the pure philosopher, since real eloquence, as Plato argues, of necessity assumes a knowledge of the truth, but the converse is not necessarily the case, as attested by any number of dry and unpersuasive philosophical proofs (1.42-50). Thus Crassus directly contests what he argues to be Socrates' claim that it sufficient to know the truth to be eloquent and convince others (1.63-65). Antonius, the other main speaker in the dialogue, replies with a defense of philosophy as necessary to rhetoric, arguing that projection of *ethos* demands ethics, which in turn demands a systematic psychology (1.87-88). In short, where pure philosophy is rejected as an idle pursuit, rhetoric without it is shown to be empty. The ideal orator of the dialogue is one who transcends the opposition between action and reflection, persuasion and knowledge, practice and theory, rhetoric and philosophy. Truth for Cicero is not a property of propositions formulated by detached subjects in relation to a set of previously delimited objects, but a form of action, even a weapon, by which the man of thought produces effects within the public realm, when the philosopher returns to the cave: a moment when knowledge manifests its resistance to the rule of the generals, when the man of speech is the man of action, who forms both himself and others.

Cicero's political philosophy reveals much the same pattern as his rhetorical theory. If we look at the opening pages of the *De re publica*, the complex dance between action, reflection, speech and wisdom becomes if anything even more intricate with each term coming to qualify and relativize the other. Thus Cicero in his preface to the dialogue makes clear that the mere possession of abstract virtue, in the manner of some art or technique, the knowledge of which in and of itself sufficed without being actualized in the world, is a contradiction in terms (1.2 – 3). True wisdom, he argues, cannot be separated from the constitution of the state, from politics, and hence from the practice of rhetoric. A knowledge that exists separately from the deed that instantiates it is no knowledge at all, but either a kind of self-delusion or low entertainment.

At the same time, the *De re publica* is no defense of cynical pragmatism or of Roman anti-intellectualism. Indeed, the importance of a knowledge of geometry, mathematics, and astronomy to the ideal statesman is repeatedly stressed, and Socrates' authority is invoked to do so (1.16). Thus when Philus, one of the minor interlocutors, is challenged by the elder Laelius concerning the relevance of such abstract forms of knowledge when men have not yet acquired a perfect knowledge of what goes on in their "own homes", he replies:

> Do you not think it is important for our homes that we should know what is happening and being done in that home which is not shut in by the walls we build, but is the whole universe, a home and a fatherland which the gods have given us the privilege of sharing with them.

(1.19)

Laelius's challenge that Philus demonstrate the immediate utility of these kinds of knowledge, when so much is left to be done on the immediate practical level, is met not by a refutation, nor by a defense of the pursuit of knowledge in and of itself, but by an enlargement of our understanding of the immediate toinclude the transcendental. This kind of shift is typical of the dialogue as a whole, which famously ends with the *Dream of Scipio* and the contemplation of the music of the celestial spheres. On the one hand, there is an insistence on the claim that the only real knowledge, the only true wisdom is that which takes the form of action in the world, and that action reaches its fullest flowering at the level of the governing of the household, the state, and the fatherland. On the other, the delimitation of the realm of human action is in no way separated from even the most abstract of human knowledge: pure mathematics and speculative cosmology. The ultimate household, the true fatherland is not the patriarchal *domus* of the Roman aristocrat nor the land that falls within the *pomerium*, the traditional boundary that marks the limits of the *urbs aeterna*, but it is the universe itself, the entire realm in which men share their lives with the gods.

Ciceronian political pragmatism, like Ciceronian rhetoric, is thus neither a cynical reduction of all forms of reflection to immediate utility nor an effete abstraction from the demands of immediacy to a realm of pure discourse and disinterested contemplation, but it is always a form of knowledge in action, and a form of action that only achieves meaning in light of reflection. As Scipio, the main speaker of the dialogue, and a highly esteemed statesman, scholar, and general states:

> As far as our lands, houses, herds, and immense stores of silver and gold are concerned, the man who never thinks of these things or speaks of them as "goods", because he sees that the enjoyment of them

> is slight, their usefulness scanty, their ownership uncertain, and has noticed that the vilest of men often possess them in unmeasured abundance——how fortunate is he to be esteemed! For only such a man can really claim all things as his own, by virtue of the decision, not of the Roman People, but of the wise, not by any obligation of the civil law, but by the common law of Nature, which forbids that anything shall belong to any man save to him that knows how to employ and to use it. (1.27)

The good, then, is not determined by the number of goods possessed but neither is it the mere object of an abstract proposition formulated by a disinterested subject. Rather goods are precisely those things that one knows how to use, and in that use comes the understanding of the limitations of their possession and the necessity of viewing all goods from the perspective of our ultimate *domus*, the one beyond all walls and all possessions, the one in which we come to possess all things, "Only such a man can say of himself what my grandfather Africanus used to say according to Cato's account——that he was never doing more than when he was doing nothing, and never less alone then when he was alone" (1.27).

I want to finish, then, by briefly looking at a small selection of Confucian passages that I think are consonant with this counterhegemonic tradition in the West. I would also want to contend that these passages, if read within the widest possible context, have the ability not only to open up future comparative dialogues, but also to open students of the western philosophical, rhetorical, and poetic traditions to a variety of practices of wisdom: practices that see truth not as something external to be either achieved or manipulated, but as a set of actions in which the knower/doer is always implicated in the act, in which a separation that allows for a kind of technological manipulation is increasingly seen as an illusion, and in which the profound interconnection between knower, known, and practices of being is highlighted. A recognition of this interconnection is, moreover, crucial in a world, in which our ability to separate ourselves from the consequences of our actions, and in which knowledge as a disembodied set of data is key to that separation and has the very real potential to lead to the end of human civilization through ecological disaster and various means of mass destruction. This task, I would submit, has never been more urgent.

Central to this inquiry is the Confucian notion of *li* or ritual propriety, a vision of proper action and the knowledge of proper action as recognized in a set of practices that both mark the person performing them as knowing and make it possible for that person to know, to be wise. I take no position here on the origin and authenticity of the Confucian texts themselves, anymore than I take a position on the age-old Socratic question. Both are philosophers who most likely did not write and through whom others speak, but they are also the names assigned to the repositories of two discursive traditions that have been profoundly formative of their respective civilizations.

The first passage I want look at is from Book 2: dialogue 3. ①It is a statement on political leadership. It contends that a radical separation between leader and led produces political chaos, that effective political life comes from shared communal practices and the force of exemplarity:

> The Master said: Lead them by means of regulations and keep order among them through punishment, and the people will evade them and will lack any sense of shame. Lead them through moral force and keep order among them through rites, and they will have a sense of shame and will also correct themselves.

I do not wish to contend there is nothing problematic in this statement. There is much one could debate, but I want to draw attention to

① All citations are from Bary and Bloom.

the subjective stance it assumes for the political leader. It is not one of the commanding subject who creates and enforces a code on the objects of his rule——whether that be a feudal lord or a modern university administrator——it is one in which there must be constant negotiation to create a shared culture and that culture is transmitted and negotiated not simply as a set of propositions, but also through ritual: through rhythms, images, narratives, and practices, even symposia.

The practices referred to by Confucius may include sacrificial rituals, special forms of food preparation, the serving of tea, or the performance of songs. In passage 1: 15, thus, we find the master engaged with one of his disciples, Zigong, in trying to define virtue.

> Zigong said, " 'Poor yet free from flattery; rich yet free from pride.' How would that be?"
>
> The Master said, "That would do, but it is not as good as 'poor yet finding joy in the Way, rich yet loving the rites.' "
>
> Zigong said, "The Ode says, 'As with something cut, something filed, something carved, something polished.' Does this resemble what you were saying?"
>
> The Master said, "With … [Zigong] one can begin to talk about poetry. Being told what is past, he knows what is to come."

Zigong starts by defining virtue as the absence of traditional vices. The poor flatter because they must, and the rich feel unwarranted pride based on their possessions. Those who rise above these common failings exemplify right behavior. The master responds to Zigong by upping the ante. The poor man who not only avoids his generic vice but who actively follows the Way——i. e., the set of practices centered around filial devotion (*xiao*), humanness (*ren*), and ritual decorum (*li*) that define the gentleman (*junzi*) ——is truly virtuous. Likewise it is not sufficient that the rich man eschew pride. He must actively love the ritual life of the community and subject himself to its rules.

This discussion of the relation of virtue to communal practices leads next, not to the pursuit of a set of abstract definitions or to a disembodied idea, but to the authority of the traditional Chinese book of *Songs* or *Odes*, which are said to have been collected and edited by Confucius himself. ①The image cited from the poem doubles that of the move toward poetic refinement, "As with something cut, something filed, something carved, something polished." The virtuous person is one who has been cultivated or shaped, who subjects himself to a technology of the self or, to use another Foucauldian term, to an aesthetics of existence. The virtuous person's life is a block of stone or a jewel that has been shaped, polished, cut, like the language of the poem itself.

The Master replies to Zigong and again he ups the ante. He acknowledges his student's refinement and knowledge of the poetic tradition and then pivots off that to make larger generalization. Through knowing poetry one knows the past, not simply as a set of isolated names, dates, or facts, but as a set of feelings, forms, and experiences. In acquiring this knowledge, one comes to be able to predict the future, the texture of its existence, its range of feeling. The virtuous man follows the Way, loves the rites, and knows the poetry that informs them. In doing so, he knows how to act appropriately. This is what defines nobility, neither accidents of birth nor disembodied knowledge in the form of a code, but right action.

In passage 2: 12 and 2: 14, the noble (*junzi*) person, is described neither as a means to an end, nor as a moment of exclusion, but precisely as the person who is most inclusive in their pursuit of full humanity, or to borrow Cicero's terms, the person who recognizes their house is ultimately the universe.

---

① Although this seems unlikely.

> The Master said, "The noble person is not a tool."
>
> The Master said, "The noble person is inclusive not exclusive, the small person is exclusive not inclusive."

None of this is to say, knowledge within the Confucian system has no content or that knowledge is simply whatever anyone does, but rather it is to recognize that all knowledge is embedded, that it is social, that it is even rhetorical, and that this is a good thing. Of course, without a provisional, I would say "ironic", separation of knower from known there can be no criticism, there can be no judgment, there can be knowledge per se. But each moment of provisional separation is precisely a set of actions taken within the world, within a set of practices, and within the language of the statement and never allows the subject to stand in opposition to the world to be known.

> The Master said, "Without knowing what is ordained [by Heaven], one has no way to become a noble person. Without knowing the rites, one has no way to take one's stand. Without knowing words one, one has no way to know other people." (20: 3).

And I would add, one comes to know what is ordained only through knowing the ordinations of others; one comes to know the rites only through participating in the rites of others; and one only learns one's own language through experiencing the words of others. This is why the practice of comparison is crucially important. This is why translation, and not only on the level of the interlingual, is crucially important. And this is what the act of education, as opposed to mere technical mastery in accord with a given set of regulations or codes, truly embodies.

I am a literary scholar. But I am also a university administrator. My colleagues in Education, Business, Psychology, and the social sciences possess a vision of knowledge as a set of accurate propositions formulated by freestanding subjects in relation to a set of clearly delineated and clearly separate objects. They are even at their most empirical, very Cartesian when a student knows the things they are taught, they are able to formulate these same propositions. If they are advanced students, they should be able to form new propositions about those things. If they are truly doing original research they may even formulate new proposition concerning new objects. But in no case, within these disciplinary protocols, does the act of formulating those propositions implicate the subject either in a pregiven world of meanings, which make possible both their propositions and their perceptions, nor does it implicate them in the world of the objects themselves. Within this understanding of truth, learning objectives can be assessed, forms of cognitions mapped, and consumer preferences charted, without ever comproising the observer's separation from the observed, without ever calling into question the definitional boundaries of either the self or the ontic world from which it emerges. This is precisely the technological world that Heidegger saw as the telos of metaphysics. But, as we have argued, within the very Platonic philosophy from which that system is abstracted, there exists an alternative discourse that Foucault labels "spiritual practice". As time goes on, these practices become increasingly divorced from philosophy and its definition of science. They become marginalized, shunted off to ambiguous realms of ritual, poetry and the rhetoric. What I hope this paper has shown is that a comparative reading of our own tradition of wisdom practices with those of the Confucian and other Asian traditions can help make the closure of our own system and its potential blind spots increasingly evident and provide the tools necessary for rethinking such basic concepts as truth, knowledge, and wisdom, and for proposing a more humane and more inclusive relation to the world.

Works Cited:

1. Heidegger, Martin. *Being and Time*. Trans. John Macquarrie and Edward Robinson. San Francisco: Harper San Francisco, 1962.
2. Heidegger, Martin. "The Age of the World Picture". *The Question Concerning Technology and Other Essays*. Trans. William Lovitt. New York: Harper Torchbooks, 1982.
3. Foucault, Michel. *L'usage des plaisirs. Histoire de la sexualité*, vol. 2. Paris: Gallimard, 1984.
4. Irigaray, Luce. *Ethique de la différence sexuelle*. Paris: Minuit, 1984.
5. Oudemans, Th. C. W. and A. P. M. H. Lardinois. *Tragic Ambiguity: Anthropology, Philosophy, and Sophocles' Antigone*. Leiden: Brill, 1987.
6. Wolff, Francis. "Trios: Deleuze, Derrida, Foucault, historiens du platonisme". *Nos Grecs et leurs modernes: Les Stratégies contemporaines d'appropriation de l'antiquité*. Ed. Barbara Cassin. Paris: Seuil, 1992.
7. Derrida, Jacques. *Khôra*. Paris: Galilée, 1993.
8. Mortensen, Ellen. *The Feminine and Nihilism: Luce Irigaray with Nietzsche and Heidegger*. Oslo: Scandinavian University Press, 1994.
9. Hadot, Pierre. *Qu'est-ce que la philosophie antique?* Paris: Gallimard, 1995.
10. Zuckert, Catherine H. *Postmodern Platos: Nietzsche, Heidegger, Gadamer, Strauss, Derrida*. Chicago: University of Chicago Press, 1996.
11. Cooper, John M., ed. *Plato: Complete Works*. Assoc. ed. D. S. Hutchinson. Indianapolis: Hackett, 1997.
12. Heidegger, Martin. "Plato's Doctrine of Truth". Trans. Thomas Sheehan. *Pathmarks*. Ed. William McNeill. Cambridge: Cambridge University Press, 1998.
13. Bary, William Theodore de and Bloom, Irene. "Confucius and the Analects". Trans. Irene Bloom. *Sources of Chinese Tradition: From Earliest Times to 1600*. 2nd ed. New York: Columbia UP, 1999.
14. Sallis, John. *Chorology: On Beginning in Plato's Timaeus*. Bloomington: Indiana University Press, 1999.

15. Foucault, Michel. *L' Herméneutique du sujet: Cours au Collège de France. 1981 – 1982*. Ed. Frédéric Gros. Paris: Gallimard/Seuil, 2001.

16. Jones, Rachel. *Irigaray: Towards a Sexuate Philosophy*. Cambridge: Polity, 2011.

Why I Have Failed: Reflections on Ten Years Spent Translating *Zuozhuan*

Stephen Durrant[*]

中文摘要 文章论述了作者以十五年时间翻译左传的所感、所得，在十五年时间里，作者与哈佛大学的李维业教授以及加州大学洛杉矶分校的戴维·斯克伯格教授一起进行了《左传》的翻译工作，翻译成果现在已接近完成并预计在2015年正式出版。文章作为对这一翻译工作的总结，一方面探讨了作者在翻译过程中面对的、而且是大多数翻译者都会面对的共同问题，另一方面也对这一次翻译尝试中出现的一些特殊问题进行了梳理和阐述。

关键词 《左传》；翻译；历史编纂学

For almost fifteen years, I have been part of a three-person team working on a new translation of the Chinese classic *Zuozhuan*. My collaborators in this endeavor are Li Waiyee of Harvard University and David Schaberg of UCLA. Our work is almost complete and should be published in 2015. It is perhaps normal near the end of a project of such duration to wonder

* 作者为美国俄勒冈大学比较文学与世界文学专业教授，文学博士。

if the final product will justify all the time one could have spent on other endeavors. Moreover, the very nature of translation, the closest of close readings, can enhance the translator's regard for the power and artfulness of the original and leave him feeling inadequate to the task of transferring that text from one cultural and linguistic world to another. My title, "Why I have failed", in part reflects these feelings, which I suspect I share with most translators, and in part refers to other somewhat more particular circumstances, which I shall discuss below.

Two months ago, I happened upon Edith Hall's review in the *Times Literary Supplement* of Tom Holland's new translation of Herodotus. ①In her review, Hall briefly evaluates and ranks five translations of the ancient Greek historian that have appeared in the past twenty-five years. I read Hall's review, coincidentally, just a few days before my wife and I happened upon a cable television rerun of the movie "The English Patient", based on Michael Ondaatje's earlier novel, in which Herodotus' history plays a prominent role. All this attention granted Herodotus, who wrote within a century or so of the time *Zuozhuan* took shape, deserved and welcome though it may be, stirs envy in an English translator of a comparable Chinese classic. It also reminds us, if we have ever forgotten, that there remains in the West a far greater interest in our own past than in the past of another important world culture, even though who might constitute the "our" in the phrase "our own past" becomes more and more difficult to specify.

Not just petty envy brings Herodotus to mind, for I confess to invoking his name over the years as I strove to pry financial support for our project from tight university coffers. Here is roughly what I said, with occasional success: "This Chinese classic is a work of historiography, which appears in China at roughly the same time Herodotus and Thucydides were writing in the West. Shamefully, the Chinese masterpiece, much admired throughout Asia

① "Herodotus Now", November 15, 2013.

both for its portrayal of a critical period of Chinese history and for its brilliant narrative style, has not been fully translated into English for almost 150 years. Western scholars and serious readers deserve a new translation of *Zuozhuan* to put on their shelves alongside Herodotus and other ancient histories. My colleagues and I will attempt to do just this. Our goal is not to provide a translation for China experts, who should read this classic in Chinese anyway, but to broaden the readership of a work fully as significant, engaging, and brilliant in its own way as the early Greek historians."

Despite such high-flown words, I never imagined a *Zuozhuan* for the masses——a work to compete, say, with the latest John Grisham novel——but I did promise a translation that would attract readers beyond the usual suspects: China specialists, students of classical Chinese looking for a crib to help them decipher the original, and a few omnivorous intellectuals perhaps seeking to defend themselves against suspicions of Eurocentrism with words that should silence any accuser: "How could I be Eurocentric, I've read the entire *Zuozhuan*!" To put it somewhat differently, and to apply for the moment David Damrosch's definitions, Herodotus is a part of world literature while *Zuozhuan* is not; it has not yet really reached beyond Asia. ①Unfortunately, as I now work with my colleagues to put the final touches on our translation, I have come to an unhappy conclusion: the usual suspects it will almost certainly be, this realization more than any personal resentment is behind the title of my talk today.

Why do I now envision a very limited readership? The short answer is that *Zuozhuan* is so long, so complex, and, yes, so "foreign" that few Western readers will give it a place on their desks, much less on their nightstands, at least not in the form in which my collaborators and I are presenting the text. Our translation is replete with head notes, footnotes, and extensive explanations, which have swelled an already lengthy translation to

---

① See his *What is World Literature*? Princeton: Princeton University Press, 2003.

over 2500 manuscript pages. While we continue to feel our textual apparatus does not yet suffice, as some of my comments below will indicate and as surely reviewers will one day point out, it is already beyond what any normal mortal probably wants. The key problem, to which I shall return below, is simply this: once one commits to "thick" translation, as we have done, where does one stop?① Since there is always more to say, more context to provide, more to interpret, how far can a translator go before overwhelming the non-specialist reader with explanation or somehow infringing upon the joy he or she might derive from interpretation unfettered by a translator's guidance? Such questions have led me to conclude that there might be other ways than complete, annotated translation to present best a classic such as *Zuozhuan* without falling into the type of ethnocentric distortion of the original for which we translators are so frequently condemned. I will come back to this general topic at the conclusion of my paper, but first let us turn more specifically to *Zuozhuan* itself and explore some of the difficulties to which I have already alluded.

Zuozhuan is the lengthiest and arguably the most important text from pre-imperial China——that is the period before 221 BCE. It has been transmitted to us as a commentary to another text, *Chunqiu* 春秋 (hereafter simply *Annals*), a very short record covering the years 722 to 489 BCE. Confucius supposedly edited *Annals* into its present form from scribal notations maintained in the small state of Lu, which was located in the region we now call the Shandong Peninsula. Thus, *Zuozhuan* appears to be an expansive history of roughly the same period covered in *Annals*, although its reliability as history has been a subject of controversy from early times down to the present, an issue we shall discuss further below. What is beyond controversy is the profound influence *Zuozhuan* has exerted upon later Chinese

① See Kwame Anthony Appiah, "Thick Translation", Lawrence Venuti, ed., *The Translation Studies Reader*, London: Routledge, 2004: 417 – 29.

historiography and narrative. For example, Jin Shengtan 金圣叹 (1608–61), a famous writer and critic of the early Qing period, applauded its brilliant style even as he expressed doubt about its veracity: "Every line and every word is superb literature, not factual events" 句句字字是妙文，不是实事[①]. Through the centuries, *Zuozhuan* has been praised for such qualities as the "lapidary" nature of its prose, the formal complexity of its many speeches, and its fast-paced narratives. As early as the first century BCE it was included among the so-called "Confucian classics" and has thus been taught, studied, contemplated, commented upon and sometimes memorized by countless generations of literate Chinese.

So what are the particular challenges this text poses for a Western readership? Let me first mention three obvious problems familiar to all who have read any portion of this text. First, since at least the time of the third century editor commentator Du Yu 杜预 (222–284), *Zuozhuan* has been cut up and arranged according to the entries and strict chronology of the older *Annals*. The resulting fragmentation and interweaving of independent narratives easily frustrates casual readers, as one narrative strand is interrupted by another narrative, which may in turn be interrupted by a third or more before the first strand is resumed. Throughout the course of time, some Chinese readers also considered this feature of the text troublesome. Consequently, they produced a number of what are called *benmo* ("beginning to end") presentations of the text, works that rearrange the inherited *Zuozhuan* into uninterrupted narrative strands. We have in our translation adopted a numbering system that enables a *benmo* reading, if one prefers to engage the text in such a fashion, but it does require that the reader repeatedly jump ahead and then back-track.

Second, *Zuozhuan* is packed with proper names: our index lists

---

① *Guanhua tang di liu caizi shu Xixiang ji*, rpt., Hanjiang: Jiangsu guji, 1986: 5.92 ("Si jing" 寺警).

approximately 2600 different persons, many of them known in the text by several different names. Other early works, certainly the Hebrew Bible one example, are also filled with names, but I think I could demonstrate through simple word counts that *Zuozhuan* is unusually name laden. To oversimplify somewhat, it is a text in which named people do things to other named people at named places without much adjectival and adverbial fluff to soften the impact of all those proper nouns. So many names, all written in unfamiliar romanization, naturally blur together in the mind of any reader with no Chinese.

Third, *Zuozhuan* is an impersonal text. Whoever the author (s) was, a controversy I do not wish to engage here, he remains carefully masked. Herodotus, by way of contrast, is very much present in his text, as is the later Chinese historian Sima Qian (145 – 87? BCE), each of them appearing regularly to evaluate, to judge, or, in some cases, to give an emotional response to what he has reported. The impersonal and somewhat authoritarian style of *Zuozhuan* derives from the older tradition of official scribes (Chinese *shi*). Such a characteristic is of course simply another style and in fact points forward to the anonymous authorial voice one encounters in so much modern historical writing, but it does distance the text from any non-specialist reader who wishes to imagine an interpersonal connivance with a voice from the deep past. Part of the appeal of Herodotus and Sima Qian is that their personalities, so evident in their writings, intrigue us.

The increasing thickness of our translation does not result from these fairly superficial features. After all, we need merely explain in an introduction what I have said above and leave it at that. Three other features of *Zuozhuan*, however, do require substantial explanation and footnoting. I will illustrate each of these with a brief example from our translation drawn, as it happens, from just two years, Xuan 8 and 9 (601 and 600 BCE). Some *Zuozhuan* readers might protest that none of these examples is among its more famous narratives and consequently does not fairly represent the text in its full literary power. But I have chosen them precisely because a significant percentage of *Zuozhuan* is comprised not of dramatic accounts of battles nor of the enthralling travels of Duke Wen, to note one rightfully famous narrative strand, but of brief passages precisely like those I cite below. The first example:

> Xuan 8.5 冬，葬敬嬴，旱，无麻，始用葛茀。雨，不克葬，礼也。礼，卜葬，先远日，避不怀也。
>
> In winter, we buried Jing Ying. Because of the drought there was no hemp. It was then that the fibers of creeping vines were first used to make ropes for drawing the coffin. It rained, and we did not complete the burial: this was in accordance with ritual propriety. By the rule of ritual propriety, when divining the date for burial, one begins with a distant day, so as to avoid a reduction of mournful longing.

Readers of classical Chinese will readily see from this passage and the other two examples to follow that our translation to some extent fills out the narrative, almost always by reference to the traditional Chinese-language commentaries. However much I sympathize with Gayatri Spivak and others, who argue that a translator should labor to preserve the stylistic features of the original even at the expense of English, a direct translation of this text into two thousand pages of telegraphic English, reflecting more faithfully the terseness of the original, would quickly alienate readers, to say nothing of publishers.[①] What our translation becomes, as we expand on the wording of the original, is in a sense a kind of commentary, a commentary based largely on earlier Chinese-language commentaries, which is so often the case, acknowledged or not, with translations from classical Chinese.

More to the point, what is this passage about and why has it been

---

① See, for example, Spivak, "The Politics of Translation", *Outside in the Teaching Machine*, New York: Routledge, 1993: 179 – 200.

recorded at all? First, it is a direct commentary on a line from *Annals*. Several centuries before *Zuozhuan* took form, a scribe from the state of Lu recorded with typical scribal brevity:

> Xuan 8.8 冬，十月己丑，葬我小君敬嬴。雨，不克葬。
>
> In winter, in the tenth month, on the *jichou* day (26), we were to bury our former lord's consort, Jing Ying. It rained, and we did not complete the burial.

The *Zuozhuan* commentary to this *Annals* entry claims that not completing the burial was in accordance with ritual propriety. Second, it provides a short explanation of the origin for the use of creeping vines rather than hemp to pull a coffin——that is, a kind of etiology. Third, it claims that delaying the burial was proper precisely because it grants more time for mourning, allowing thereby a fuller venting of grief as advocated also in the early Chinese ritual text *Liji* (Records of Ritual).

This account above of Jing Ying's delayed burial, like so many other *Zuozhuan* passages, attempts to surround an apparently straightforward annalistic record with ritual meaning. The major topic of *Zuozhuan*, I think, is ritual action in a political context. David Schaberg has put it this way: "The order of ritual propriety founded by King Wen's immediate successors is everywhere in historiography understood as the single legitimate standard for interactions of all sorts; citations from ritual texts stress the faithful reproduction of the old models."① *Zuozhuan*'s repeated emphasis upon ritual is an attempt to hold the dam against a rising tide of *Realpolitik* that was inundating China in the fifth and fourth centuries BCE, a tide reflected here and there in *Zuozhuan* itself.

---

① *A Patterned Past: Form and Thought in Early Chinese Historiography*, Cambridge: Harvard University Asia Center, 2001: 80.

Sometimes *Zuozhuan* references to the way ritual should constrain or shape behavior can be cross-referenced to one of the early Chinese ritual texts, such as *Liji* or *Zhouli*. Other times *Zuozhuan* judgments attribute ritual significance to actions that on the surface appear to have no real ritual implication at all. The larger message of *Zuozhuan* may well be this: the wise are able to elaborate the ritual code to apply to every action, every gesture, and every word. The world around us, to put it somewhat differently, is itself an exceedingly rich text that we can learn to read and a proper reading, based upon a full knowledge of the ramifications of ritual and upon a shrewd observation of human behavior, can even enable one to see the future much in the same way a skilled reader of novels might perceive from the smallest hints just where the plot is headed. That is, skillful reading, be it of a text or of actions, shades over into divination. ①Still, this frequent reliance upon ritual as an explanation for why events happen as they do gives *Zuozhuan* a hermetic quality. Either the translator footnotes endlessly, attempting to explain with the aid of Chinese commentaries why something is or is not considered ritually proper and how this shapes subsequent events, or the reader is left to fend for herself in a very distant world.

One might respond that many readers come to *Zuozhuan* not out of some strange interest in the details of ritual anyway but simply to read history——that is, to learn from an original source what happened in China during the two and one-half centuries of the Spring and Autumn period, the period that gave us Confucius and so many other influential Chinese thinkers and politicians. Our second example speaks to this issue:

Xuan8. 1　八年，春，白狄及晋平。夏，会晋伐秦。晋人获秦

① For the relationship of divination with early Chinese historiography, see Marc Kalinowski, "La rhétorique oraculaire dans les chroniques anciennes de la Chinese. Une étude des discours prédictifs das le *Zuozhuan*", *Divination et rationalité en Chine ancienne*, *Extreme-Orient* 21 (1999): 37 - 65.

谍，杀诸绛市，六日而苏。

In the eighth year, in spring, the White Dimade peace with Jin. In summer, they joined forces with Jin to attack Qin. The men of Jin captured a Qin spy and put him to death in the marketplace at Jiang. Six days later, he came back to life.

The historical writing of *Zuozhuan*, as I have already noted, develops from an earlier tradition of succinct, matter-of-fact annals, and supplements this with material drawn from other traditions: political remonstrance, popular storytelling, accounts of state political heroes such as Zichan and Yanzi, etc. Over all of this is spread a layer of prosaic factuality. Typically events are neither investigated nor evaluated, at least not in the text itself, but are simply reported. The reader might wait in vain for the type of discussions of sources or evaluations of reliability one encounters frequently in Herodotus and occasionally in Sima Qian. ①

In the *Zuozhuan* passage cited above, the improbable return to life of someone executed six days earlier is reported without comment. We might try to dismiss this example as a misreading or as some type of textual corruption or even rationalize the apparent resurrection as conceivably possible under certain remarkable circumstances. But such implausible events abound in *Zuozhuan* and are all reported in the same direct fashion as, say, a burial, a state diplomatic mission, the succession of a new ruler, or a skirmish between rival states. This feature of the text has polarized readers almost from the beginning. On the one hand are those such as Hsü Cho-yun or Yuri Pines who take the text largely at face value and use it as the primary source for the

① See my "Truth Claims in *Shi ji*", in Helwig Schmidt-Glintzer, Achim Mittag, and Jorn Rusen ed., *Historical Truth, Historical Criticism, Historical Ideolog: Chinese Historiography and Historical Culture from a New Comparative Perspective*, Leiden: Brill, 2005: 93 - 114.

reconstruction of Chinese history during the Spring and Autumn period. ①These scholars sometimes go to considerable length to explain away the impossible or supernatural events recorded in *Zuozhuan* or simply brush them aside as rare lapses from a norm of historical accuracy. On the other hand, there are *Zuozhuan* skeptics such the great Tang writer Han Yu (768 – 824), who declared the text "fanciful and exaggerated", or the contemporary sinologist Bruce Brooks, who has labeled its use "as a virtually stenographic account of Spring and Autumn . . . the worst error in classical Sinology". ②

The question of *Zuozhuan's* historical reliability, which has so divided the community of specialist readers, can only leave the non-specialist baffled. Just what is this text? How much credence should one give to it? This issue, to be sure, arises also with Herodotus, but the reader readily discerns and even finds amusing in his case the tone of a gullible anthropologist just telling us what he heard from informants who were sometimes unreliable. In the "Introduction" to our translation, we take on the issue of historical reliability and hold to what I think is a judicious middle ground——one that will doubtless displease those on either side of the divide. But when it comes to a sober evaluation of the historical accuracy of particular passages our footnoting can be rightfully criticized as insufficient, especially in bringing to bear upon our text neither growing archaeological evidence nor powerful arguments concerning the stratification of *Zuozhuan* itself and the way various strata of the text might reflect developments in the world of political thought. To what degree, we might ask, should a responsible translation of a history become in itself an attempt to write history?

---

① Hsü Cho-yun, "The Spring and Autumn Period", in Loewe and Shaughnessyed, *The Cambridge History of Ancient China: From the Origins of Civilization to 221 B. C.* Cambridge: Cambridge University Press, 1999: 547; and Yuri Pines, *Foundations of Confucian Thought*, Honolulu: University of Hawaii Press, 2002.

② HanYu, *Dongyatang Changli jizhu*《东雅堂昌黎集注》, compiled by Liao Yingzhong 廖莹中 (Shanghai: Shanghai guji, 1993): 12.200; and Bruce Brooks at http://www.umass.edu/wsp/chronology/overview.html.

In my shameless mission to market our new English translation of *Zuozhuan*, which my essay so far has not much helped, I turn to those most alluring subjects of sex and violence. The good news is that *Zuozhuan* has plenty of the latter, although insufficiently graphic to satisfy the contemporary movie-going public. The bad news is that it contains little of the former, especially when compared to the quite spicy Herodotus or, even, for that matter, to the Hebrew Bible. Let us, nevertheless, celebrate what little sex there is in *Zuozhuan* and turn to our third example, which is about as lurid as this early Chinese workever gets:

> Xuan 9.6 陈灵公与孔宁、仪行父通于夏姬，皆衷其衵服，以戏于朝。泄冶谏曰："公卿宣淫，民无效焉，且闻不令。君其纳之！"公曰："吾能改矣。"公告二子。二子请杀之，公弗禁，遂杀泄冶。孔子曰："《诗》云：'民之多辟，无自立辟。'其泄冶之谓乎！"
>
> Lord Ling of Chen, Kong Ning, and Yi Hangfu all had liaisons with Xia Ji. They each wore her intimate garments under their robes, bantering about them in court. Xie Ye remonstrated with the lord: "When lords and ministers demonstrate their licentiousness, the people have nothing to look to as example. Moreover, the reports that spread as a result will not be good. You, my lord, should put away those garments!" The lord said, "I will be able to change my ways." He told the two noblemen about this, and when the two requested to have Xie Ye killed, he did not stop them. They thus put Xie Ye to death.
>
> Confucius said, "It says in the *Odes*,
>
> When the people have many deviations,
>
> Do not set up your own law against deviations!
>
> Does this not describe Xie Ye?"

Zuozhuan develops within the context of a practice of Confucian pedagogy. That practice aims at shaping a new meritocracy of ministers who might become the glue of what Alexander Beecroft cleverly and somewhat tongue-twistingly calls a "panhuaxia" movement——that is, a cultural and political unity meant to transcend the individual states that had exercised sovereignty since the collapse of central Zhou power in the mid-eighth century BCE. ①Ritual behavior, as noted above, was a mainstay of that new movement precisely because the rising members of the ministerial class saw themselves as the educated guardians and redactors of ritual standards. In addition, Confucian teachers sought to shape and transmit the past in a way that gave it a particular meaning. This key aspect of their panhuaxia activity is fully reflected throughout *Zuozhuan*. John Wang, in an early and still useful article on *Zuozhuan* narrative, speaks of the text's dominant moral pattern in the following words: "Just as the evil, the stupid and the haughty will usually bring disaster upon themselves, the good, the wise, and the humble tend to meet their just rewards."②

Accurate enough, but there are occasional cracks in such a straightforward moralistic reading, as Professor Wang doubtless understands, moments when the events of the past, or maybe we should say accounts of events transmitted from the past, can not readily be made to fit the dominant moral pattern. Why else would a staunch Confucian and astute reader like the Song scholar Zhu Xi (1130 – 1200) fault *Zuozhuan*, despite its general support of Confucian values, for advocating compromise, pragmatism, and expediency and for "denigrating martyrs of integrity" 贬死节. ③

Our example above is almost certainly one that would have displeased the

---

① *Authorship and Cultural Identity in Early Greece and China*, Cambridge: Cambridge University Press, 2010: 206.

② "Early Chinese Narrative: The *Tso-chuan* as Example", in Andrew Plaks ed., *Chinese Narrative: Critical and Theoretical Essays*, Princeton: Princeton University Press, 1977: 14.

③ *Zhuzi yulei*《朱子语类》, compiled by Li Jingde and edited by Wang Xingxian, 8 vols. Beijing: Zhonghua, 1994: 2249 – 51.

learned Song dynasty Confucian. Until the quotation from Confucius intrudes into this passage, it is fairly straightforward——an example perhaps of the dangers of speaking honestly to people in power however disreputable their behavior might be. How are we to regard Xie Yu? Is he a martyr to forthright speech we should acclaim or simply a foolhardy man unable to hold his tongue? The voice of Confucius, the supreme judge of morality who speaks periodically in *Zuozhuan*, suddenly intervenes. He invokes *Odes*, a deeply revered earlier text, to give weight to his judgment, and he appears to criticize Xie Yu for speaking out, for setting up his own law against immorality as a way of trying to stem the immorality of others. Thus, the supreme Confucian condemns someone who has dared to remonstrate against unseemly behavior. This troubles readers who would prefer less moral ambiguity. The seventeenth century Qing scholar Wang Fuzhi (1619 – 1692), to give one example, protests that *Zuozhuan* here has appropriated the voice of Confucius "to denigrate duty and integrity" 贬节义.①In other words, the real Confucius, in Wang Fuzhi's view, could never have rendered such a negative judgment about the morally courageous Xie Yu.

The generally moralistic intent of *Zuozhuan*, which is then complicated at critical moments with passages ostensibly in conflict with that intent, presents yet another challenge to the potential reader. It is difficult to find ones bearings without fully understanding the complex political winds that were blowing at the time, the frequent shifts between lofty moralism and cruel expediency observed in *Zuozhuan*. One might respond that knowledge of context is necessary for an intelligent reading of any text from the ancient world. We seem, then, to have returned to the issue of history discussed above. But there are also literary questions at stake. In contrast to Herodotus, *Zuozhuan* was almost surely not meant primarily to entertain and delight but to

① *Chunqiu jia shuo*, *Chuanshan quan shu*, vol. 5: 227. I must thank Professor Li Waiyee for the quotations from Zhu Xi and Wang Fuzhi.

instruct, and later layers of Chinese commentary and scholarship almost consistently highlight and enhance the didacticism. We might ask whether such an earnest reading of *Zuozhuan* is always the best? Might the somber Confucian approach to the text sometimes be an attempt to inhibit other kinds of readings? And, to what extent should a translator intercede to suggest ways of reading the text rather than simply leave this to the independent discernment of the reader? For example, it is sometimes tempting in *Zuozhuan* to discover (or is it to invent?) irony, such a popular a mode of reading in modern times, despite the fact that classical commentators have rarely read the text in such a way. For example, in the passage above one might argue that the original ending was an ironical one: yes, you can and should speak out, but you might end up getting killed as a result, even over an issue as apparently trivial as under garments. Ironical readings are often disquieting, and it may well be, as some scholars have suggested, that the Confucian quote belongs to a later layer of the text and has been invoked here somewhat provisionally to claim that there really is a lofty moral principle at play. Even in a passage as brief as the one we are just now considering, the opportunities for interpretation are almost endless. To what extent, we must ask ourselves, should a translator, who is already of course a subtle interpreter by his very word choices, become a not so subtle one?

Repeated allusions to sometimes obscure ritual expectations, a historical style that seems at times it must either be taken completely at face value or completely rejected as "not factual", to again quote Jin Shengtan, and a complex but largely earnest moral tone which may be masking other types of readings all complicate the task of even the most tenacious non-specialist reader. I am on familiar ground here: much has been said among translators and critics alike about the extent to which we should explain our text, engaging in what one critic has called "presumptuous intervention". ①The

① Ollie Brock, "Across the Language Gap", *Times Literary Supplement*, February 6.

complexities of reading *Zuozhuan*, I should add somewhat parenthetically, do not only discourage Western readers. Numerous Chinese readers are what one of my teachers used to call "Duke Zhuang readers"——those who read the first three sections of the text and then put it aside in favor of anthologies, such as *Guwen guanzhi*, that bring together what might be called "the greatest hits" from the remainder of *Zuozhuan*. These resemble "Genesis readers" of the Bible who suddenly discover somewhere in Exodus or at most Leviticus, that so much of the Bible "is just not as good" as the first thirty or forty pages.

We might even go further, albeit tentatively, and suggest that *Zuozhuan* was not meant to be read at all, at least not in the way we typically read today. One could almost issue a warning similar to that of Norman Solomon in the introduction to his Penguin translation of selections from Talmud: "The Talmud was not designed as literature for reading . . . but for oral transmission with explanation by an authorized teacher. "① Nevertheless, in the case of *Zuozhuan* such words would not be entirely accurate. The limited portions of *Zuozhuan* that comment directly upon lines of *Annals* probably do derive directly from a pedagogical practice that was originally oral and only written down, as Sima Qian later suggested, when interpretations began to disagree. ②However, my own sense is that *Zuozhuan* as a whole, whatever its roots in the oral practices of Confucian pedagogy, exists in that murky world of textuality midway between oral exegesis of the older *Annals* and a fully meant-to-be-read historical narrative like Sima Qian's *Shiji*. That is to say, it may have taken shape within a pedagogical community but it was produced to circulate and be read as a text, albeit only by a highly select, educated community. Burton Watson was perhaps correct when he emphasized several decades ago in his book *Early Chinese Literature* that *Zuozhuan* was

① *Talmud*: *A Selection* (Penguin Classics, 2009): xvii.

② *Shiji* 14.510.

meant to be engaged in a very deliberate, slow fashion, with regular pauses to ponder its meaning, often with the help of a teacher. [①]Almost surely its author or authors never envisioned someone sitting down alone, hour after hour, day after day, reading the text straight through from Duke Yin to Duke Ai, although this is more-or-less the type of reader I somewhat naively envisaged when we began work on our translation. Yes, a translation, especially with all its apparatus, may be an attempt to accommodate readers and styles of reading that the original author could never have imagined.

To return to the larger issue at hand, I have tried to show above that to render this complex text comprehensible to an audience beyond what I have referred to "as the usual suspects", the translator must become himself a commentator who is not just negotiating between the past and the present, as the numerous Chinese commentators on this text have already attempted, but also negotiating between cultures. Doing this requires, I think, what Kwame Anthony Appiah (1993) calls "thick translation" ——that is, abundant footnotes and other forms of explanation, including perhaps frequent quotation of Chinese commentaries to indicate the different ways textual problems have been addressed over time. The problem is that the results of such a translation practice may only serve to alienate the very readership the translators wish to attract. For, on the one hand, a translation, as I have tried to argue, can never be quite thick enough to provide the truly curious reader with all he or she needs to know about the text and how it has been read over time; while on the other hand, a translation of a text this lengthy and this far removed from the reader's lived experience is already far too thick, at least for most potential readers. And this says nothing of the publisher, who may in a fit of generosity agree to publish a two-thousand-five-hundred-page manuscript, which already resembles Spalding Gray's famous "Monster in a Box", but hardly one of, say, double that size.

---

① New York: Columbia University Press, 1962: 40-66.

So what is a discouraged translator to do? I have two suggestions, although I fully recognize each of these brings in its wake an array of other, perhaps insurmountable, difficulties. The first of these is what we might call "open-ended thick translation". The initial idea for this came in a discussion with my co-translator David Schaberg years ago, when he suggested that we put the translation on-line and open it up in a moderately controlled fashion, for additions, suggestions, and corrections that could go on indefinitely——that is, a work forever in progress, a *Zuozhuan* continually thickening in English just as it did in Chinese for so many centuries. Objections readily come to mind: how will this webpage be moderated, how will enthusiastic amateurs be kept from contaminating the whole thing, and most seriously of all, in a day when one receives little research credit for such online endeavors, why will anyone spend time commenting at all? The problems are apparent, but it is regrettable not to use an online format for an endeavor to which it is perhaps so well suited.

The second idea is to produce a small excerpted volume, something I will call a "thick excerpted translation". Many of us malign collections of "greatest hits" culled from lengthy classics. Moreover, just such a collection of *Zuozhuan* already exists, Burton Watson's sometimes criticized but also frequently read *The Tso Chuan: Selections from China's Oldest Narrative History*. ①One problem with "greatest hits" volumes, including Watson's book, is that they often do not represent the range of material found in the original text. They tend easily to become the type of domesticated foreign literature so much recent writing on translation deplores. Moreover, the commercial goals typically motivating such translations often speak against extensive footnoting. What I envision here is instead a small volume containing no more than fifty or so excerpts, carefully selected to be representative, and provided with extensive explanation, including ample coverage of an array of

① New York: Columbia University Press, 1992.

different Chinese commentaries. Such a volume, done well, could attract a publisher, and, what is so much more difficult, maybe even attract more than just the usual suspects.

Many years ago, when I first thought of translating *Zuozhuan*, the late and much esteemed professor Jerry Norman gave me the kind of sensible advice that was his hallmark. "It will overwhelm you unless you carefully delimit the task. For example, you could just pick one solid contemporary commentary, like that of Yang Bojun, and follow it throughout, acknowledging of course precisely what you are doing." Put somewhat differently, since there is no end to thickness, one of the biggest challenges of a translator committed to thick translation is deciding just how much thickness is enough and what should be left to the reader's own initiative or to other translators. This brings us back to where I began: Edith Hall's discussion of the five Herodotus translations published in the past twenty-five years, these added of course to earlier translations like those of Macauley, Rawlinson, Godley, and de Sélincourt. The very existence of so many translations of Herodotus helps any new translator define his or her own niche. "If one wants more explanationor a different type of explanation", such a translator might say, "turn elsewhere". In the absence of so many forerunners, it is difficult to identify what ones own distinctive contribution should be. Put this way, perhaps the best we translators of the Chinese classic *Zuozhuan* can hope for in a field where, unlike the field of Greek, the translations are far, far too few is that our work might encourage someone else, maybe even someone disappointed with our work, to sit before his or her computer and begin an effort to retranslate this most important text. That, ironically, might be the contribution of a translation that has in some ways failed, which almost all do——it encourages others to take up a new the task of translation, a task to which there will be no end. So, "Let a thousand translations bloom."

Works Cited:

1. Burton Watson, *Early Chinese Literature*, New York: Columbia University Press, 1962.
2. Andrew Plaks, *Chinese Narrative: Critical and Theoretical Essays*, Princeton: Princeton University Press, 1977.
3. *The Tso Chuan: Selections from China's Oldest Narrative History*, New York: Columbia University Press, 1992.
4. Loewe and Shaughnessy ed. , *The Cambridge History of Ancient China: From the Origins of Civilization to 221 B. C.* Cambridge: Cambridge University Press, 1999.
5. David Schaberg, *A Patterned Past: Form and Thought in Early Chinese Historiography*, Cambridge: Harvard University Asia Center, 2001.
6. Yuri Pines, *Foundations of Confucian Thought*, Honolulu: University of Hawaii Press, 2002.
7. David Damrosch. *What is World Literature?* Princeton: Princeton University Press, 2003.
8. Lawrence Venuti, *The Translation Studies Reader*, London: Routledge, 2004.
9. Helwig Schmidt-Glintzer, Achim Mittag, and Jorn Rusen, *Historical Truth, Historical Criticism, Historical Ideolog: Chinese Historiography and Historical Culture from a New Comparative Perspective*, Leiden: Brill, 2005.
10. Alexander Beecroft, *Authorship and Cultural Identity in Early Greece and China*, Cambridge: Cambridge University Press, 2010.

Teaching Comparative Political Thought: Joys, Pitfalls, Strategies, Significance

Stephen Salkever*

中文摘要 文章对作者二十五年以来在比较政治学理论领域的一线教学经验进行了反思。在教学过程中，作者主要针对古希腊和古代中国的相关文本进行分析。在当今世界迅速全球化的背景下，文章对于如何使比较政治学理论的教学作为给学习者提供博雅教育的基本因素的方式进行了阐释，并且论证了政治学教学不应仅仅成为一个规范学科或者辅助学科，更不应成为任何政治议程的基础材料。

关键词 比较哲学；政治学理论；博雅教育；教学法；古代中国；古希腊

This essay combines two distinct though complementary and intertwined approaches to the question of how and why to study comparative political thought. ① The paper begins with a set of reflections on my experiences

---

* 作者为美国布林莫尔大学政治学专业教授，政治学博士。

① While my own experience is limited to political thought or theory courses, I think my experiences will be familiar to any teacher of "comparative" or "intercultural" courses, especially those in the humanities.

teaching such comparative courses to undergraduates. Here I deal with, as my title says, the joys and the difficulties I have encountered, along with some classroom strategies for enhancing the first and minimizing the second. But as the account of my pedagogical experience proceeds, the paper inevitably moves to a more abstract level, asking how such courses are best understood and justified as elements of higher education. My major contention here is that comparative courses should not be treated primarily as training in a disciplinary specialty, such as comparative philosophy or political theory or literature, but instead as essential features of liberal education in a rapidly globalizing world. Although my argument is that we should focus on liberal education, it is undeniable that these two distinct frameworks or orientations——the liberal education we practice as teachers and disciplinary inquiry we practice as scholars and theorists——are almost always co-present in contemporary academe, and I conclude with some thoughts on how these two practices or vocations can be enacted in ways that reinforce rather than undermine the goals of liberal education. ①Most of us practice both; many of us see them as complementary, at least some of the time. My argument is that complementarity can be achieved so long as undergraduate liberal education is treated as prior in importance as well as sequence, at least in the humanities and humanistic social sciences, to specialized disciplinary inquiry. I contend that, in comparative studies especially, scholarship and undergraduate education can and should engage in mutual criticism as well as support, but that in the end scholarship should be brought before the bar of liberal education, rather than, as is now generally the case in higher education

① It is of course true that the meaning of the concept "liberal education" is contested *and* also true that the phrase often occurs as an empty cliché that obscures the importance of these contests over liberal education's meaning. As will become clear, my own position is close to that of Michael S. Roth, *Beyond the University: Why Liberal Education Matters*, Yale University Press, 2014, liberal education is education in interpreting texts that seem to deal with the most important and most disputed human problems, with constructing from these texts dialogues that clarify these problems, and with participating in these constructed dialogues as we live our lives.

worldwide, vice versa. ①

I came to the teaching of comparative political philosophy②when I was already in mid-career, and my principal work in both teaching and writing is as a specialist in ancient Greek political theory, primarily Plato and Aristotle. I also taught and wrote about later works in the European tradition. Looking back, my experience of teaching what is misleadingly labeled the "Western canon" in political theory was good preparation for comparative work, since as time went on it became clearer to me that Leo Strauss, among others, was correct in arguing that the political philosophy of the modern West was much less a continuation of the philosophizing of Plato and Aristotle than a sharp break with ancient thought. Moreover, *modern* Western philosophizing, from at least Descartes and Hobbes forward, sets out from presuppositions that are foreign to the Greek texts, suggesting that the moderns (and postmoderns) were not simply philosophizing differently within a shared culture, but were operating in a cultural frame quite distinct from the ancients, one that took for granted the centrality of Christianity (and primarily Protestant Christianity), the authority of modern European natural science as a mode of inquiry, and the primacy of economic achievement as a standard for evaluating the merits of political life. This is not to say that these three elements of the spirit of the modern West are

① I think that the natural home of liberal education is in liberal arts colleges and in those structures within universities that imitate the work of such colleges. On the other hand, I do not think there is such a thing as a "liberal art", and thus I avoid the term "liberal arts education". Almost any subject, even those in the core humanities, can be and often is taught in a pre-professional or narrowly disciplinary way that undermines the project of liberal education as I understand it.

② A word on the labels political "thought", political "theory", and political "philosophy". Political *thought* is useful because it implies an activity that spans a wide variety of genres and disciplines, though it may also mislead by including too much. The other two terms, philosophy and theory, can help to sharpen the focus of our interpretive practice. I prefer philosophy to theory because I think it implies a stress on skeptical and critical questioning of a Platonic and Aristotelian kind (as I read them), thus avoiding the legislative or commanding implications of the term theory. But the meanings of all three terms clearly overlap and it is wisest to use them interchangeably, as I will do here, though with awareness of the questions about what we are doing that these three descriptors may conceal.

compatible or mutually reinforcing, nor to deny that many of the principal theorists of the modern Western canon make it their business to sharply criticize some or all of these forces (consider Nietzsche). But the theorists of the modern West take as their point of departure a set of questions and perplexities that emerge from a cultural and historical background that would, initially, make no sense at all to Plato or Aristotle——and vice versa. But if this is so, how should those of us in the modern West who feel that there is something valuable in the Greek texts treat them relative to our modern cultural and political horizons? I began to think that the most attractive option——the way to avoid either detached antiquarianism or treating the Greeks as primitive modern Westerners——was to treat these texts as ways of escaping, not from reality, but from the presuppositions of modern Western theory by bringing that theory into a kind of imaginary cross-cultural and comparative dialogue with ancient Greek political thought.

In the late 1980s I had the great good fortune to begin teaching undergraduate comparative courses on Chinese and Greek (and later Western) thought with my former Bryn Mawr College colleague Michael Nylan, a leading scholar and teacher in the field of early Chinese literature, religion, and philosophy.[①] After Michael left Bryn Mawr for U. C. Berkeley, I have continued to teach such courses, with a highly justified degree of anxiety, on my own. In the remainder of the first section of this paper (pp. 4 – 16), I reflect on my experience teaching comparative political theory in three stages. The first notes some simple (perhaps all too simple) truths about the joys and apparent benefits of teaching comparative political thought. The second stage concerns the traps and snares that lie in wait to undermine our feelings of achievement as teachers and students. The third stage lists some relatively practical suggestions about how

---

① See the account of these courses in Salkever and Nylan, "Comparative Political Philosophy and Liberal Education: 'Looking for Friends in History'". *PS: Political Science & Politics* 27 (1994), pp. 238 – 247, and the comments on the courses by Martha Nussbaum, *Cultivating Humanity: A Classical Defense of Reform in Liberal Education*, Cambridge, MA: Harvard University Press, 1997, Chapter 4.

these pitfalls might be avoided. The second part of the paper (pp. 16 – 21) is an attempt to respond to the question posed by David Wong: "Why do comparative philosophy if it's so hard?" Or, if it is so hard to do well, why do it at all?[①] My answer will be that, carefully done, comparative work provides a constructive escape from the powerful presuppositions or "endoxa", Aristotle's very useful term for the prevailing opinions within a particular community that provide an indispensible point of departure for the practice of both liberal education and political philosophy.

My first sense of the pleasures to be had from studying with care texts from the ancient Chinese tradition, previously unknown to me, might be called theoretical in a not particularly reflective or esoteric way: there is considerable joy in simply getting to know better some important and unfamiliar things, more texts and thoughts and history, acquiring new perspectives on familiar problems and also discovering problems I didn't know existed, having the experience of understanding (in a more or less subtle way), after considerable hard work, the meaning of material that at first appears incomprehensible and "other". This experience can have practical benefits as well, perhaps indicating a theoretical underpinning for, in the long run at least, imagining the institutions and practices of a human world that is more peaceful, more just, and more free than the one we have now. [②]Such joys and hopes can indeed be transmitted to students, and are

---

① David Wong, "Comparative Philosophy: Chinese and Western", *Stanford Encyclopedia of Philosophy*, http: //plato. stanford. edu/entries/comparphil – chiwes/ (last revised October 2009) accessed August 1, 2014, p. 21.

② On comparative political theory as an inquiry that can guide us toward more just and democratic world, see especially Melissa S. Williams and Mark E. Warren, "A Democratic Case for Political Theory", *Political Theory*, 2014, vol. 42 (1) 26 – 57. For Williams and Warren "what distinguishes the project of comparative political theory from [other] approaches is . . . its orientation to the study of ideas as a resource for practical reason in the present, guiding action toward a future we might want to inhabit. By reconstructing the political imaginaries that already operate in the background of our words and deeds, comparative political theory reveals those often forgotten resources and influences that make us who we are as well as what we might become" (p. 48).

perhaps the greatest gifts teachers have to pass on in our classrooms. But there are important and more direct practical benefits as well, such as contributing to the project of internationalizing or globalizing the undergraduate curriculum, and to the broader goal of de-parochializing *or* provincializing[①] not only Western political theory but perhaps even liberal education as such.

But not so fast! Comparative or intercultural studies often carry with them a fair amount of unexamined theoretical baggage, including presuppositions about human lives, and especially about the character of the links and difficulties that join and separate different groups of human beings into communities or cultures or sets of *endoxa*[②] that are bounded yet changeable and permeable to varying degrees. The undeniable pleasures and moments of self-congratulation may be deceptive and delusional, concealing from us what we are actually doing, both in theory and in practice. Many serious theorists argue that the practice of inter-cultural political theory may well involve *not* a process of positive self-transformation but rather of self-aggrandizement——instead of reaching out to and "conversing" with voices that are productively different from our own, we may simply be constructing an Other to satisfy our heart's desire, finding things we already believed were there. We may be imagining imaginaries not so different from our own, as Bernard Yack's charges in his critique of Charles Taylor's *Modern Social Imaginaries* as

---

① That is, *either* making Western theorizing less narrow *or* demonstrating just how culturally or endoxically (see notes below) embedded and hence limited Western theorizing has been and is.

② I prefer Aristotle's term *endoxa*, prevailing reputable opinions, to our "culture" in this context because culture, for all its undeniable usefulness, too much implies both unity and permanence. By contrast, the term *endoxa* refers to the prevailing opinions about fundamental matters within a community, opinions that can be examined in terms of their accuracy and fruitfulness as guides to understanding and acting in the world. "The *endoxa* are opinions about how things seem that are held by all or by the many or by the wise—that is, by all the wise, or by the many among them, or by the most notable (*gnôrimoi*) and endoxic (*endoxoi*, most famous) of them." *Topics* 100b21ff. The fact that Aristotle identifies a belief as respected does not imply that he finds it true, or even respectable; nevertheless, it is clear that he regards some such opinions as indispensable points of departure for both political life and philosophic inquiry.

asserting a kind of pseudo-pluralism. ①And practically, our apparent project of recognizing and respecting differences may in effect constitute an unintended moment of empire, a knowledge claim that is implicitly an assertion of power over the Others we claim to recognize and to listen to. ②

What can we do about these pitfalls? I suggest three steps in my experience as a sometime teacher of comparative political theory about what we should and should not expect from it: first, some recollections of my own introduction to comparative or inter-cultural work; second, a proposal that the goal of such courses should be that of encouraging ourselves and our students to become better interpreters of texts and, indirectly, of communities; and third some pedagogical suggestions about how to bring this goal about, including some questions to stimulate *active* and interpretive reading.

Before I began doing any comparative work, I wondered why my courses labeled *Western* Political Philosophy by my department needed to be "provincialized" in this way, when other courses were not listed as Western Sociology or Western Economics or, for that matter, Western Physics, in

---

① Bernard Yack, Review of Charles Taylor's *Modern Social Imaginaries* in *Ethics* vol. 115 (2005), pp. 629 – 633. Often, attempts like Taylor's seem to construe non-Western cultures as much more like modern Western democracy than they appear to be, leading to efforts to discover what some critics have called "a Kant for every culture". On the other hand, there are good arguments to the effect that there are overlooked similarities across traditions as well as conscious importations——for nuanced and provocative discussion of these issues, see especially Stephen Angle's work on conceptual and verbal translations of Western human rights discourse into Chinese political thought, *Human Rights and Chinese Thought: A Cross-Cultural Inquiry*, Cambridge: Cambridge University Press, 2002 and *Contemporary Confucian Political Philosophy*, Cambridge: Polity Press, 2012.

② On these criticisms of the project of comparative political theory, see especially Williams and Warren (2014), as well as Leigh Jenco, "'What Does Heaven Ever Say?' A Methods-centered Approach to Cross-cultural Engagement", *American Political Science Review*, vol. 101, no. 4 (November 2007), 741 – 755, and Andrew F. March, "What Is Comparative Political Theory?", *Review of Politics*, 71 (2009), 531 – 565. All of these insightful discussions provide thoughtful and subtle proposals for avoiding the pitfalls they identify——my only reservation about them is that they all focus on comparative political theory as an academic discipline rather than an educational practice.

spite of the decidedly European origin of their central ideas and methods. Then one day a South Asian student told me she was pleased to find that this course, which read standard European texts, was really "just political philosophy" and not *Western* political philosophy only. What did she mean by that? I know that she did *not* mean that the course was in some way transcendentally universal, since I stress the idea that political philosophy always emerges as a response to already existing local historical developments and presuppositions. My guess is that she meant she was pleasantly surprised to find that the course was not a celebration of the superiority of the West, but rather a consideration of issues about freedom, justice, etc. with which she was already familiar and eager to discuss. The moral of the story, as I read it, is this: The character of political philosophy as such is problematic, always situated within a particular community or *endoxa* yet always attempting to push beyond the limits of that community in the direction of a critical or orienting (rather than directive or legislative) and ever-provisional universality.

Luckily for me, one of the first books I read when I started to teach these courses in the late 1980s was Benjamin Schwartz's *Search for Wealth and Power: Yen Fu and the West*——which persuaded me to treat "cultures" (like China and the West) as changeable unknowns and not as superhuman agents determining the thought and behavior of the individuals who enact the beliefs and practices that constitute a community rather than a random aggregate of human beings:

> I would suggest that in dealing with the encounter between the West and any given non-Western society and culture, there can be no escape from immersing ourselves as deeply as possible in the specificities of both worlds simultaneously. We are not dealing with a known and an unknown variable but with two vast, ever-changing, highly problematic areas of human experience. We undoubtedly "know" infinitely more about the

West, but the West remains as problematic as ever. ①

Like Schwartz, my collaborator Michael Nylan and I both considered ourselves specialists in ancient thought (and hence were implicitly comparativists), not archivists or antiquarians——rather, we studied the ancient texts with an eye to establishing perspectives (vocabularies, explanatory and evaluative starting points) from which we might consider the meaning and value of our own quite different lives and communities. The point of considering historical "others" was to provide us as students and teachers with a way of stepping outside ourselves and our *endoxa*, as Aristotle would say. To a large extent, we agreed with a point David Wong makes about the relative affinity of ancient Chinese and Greek thought as strangers to the philosophical views prevailing in the modern West:

> The question of how one ought to live has occupied the center of the Greek and Chinese philosophical traditions. Modern philosophy, and most especially contemporary philosophy, has largely remained silent on what is arguably the first question of philosophy and has focused on the narrower question of what one morally ought to do or what are morally right actions. ②

To use a more technical vocabulary, widespread in Western political philosophy at least since Rawls, both ancient traditions, Chinese and Greek,

---

① Benjamin Schwartz, *In Search of Wealth and Power: Yen Fu and the West*, Harvard University Press, 1965: 2. On the relatively recent genealogy of the term "the West" in Europe as a 19th century alternative to "Christendom", see Michael Gillespie, "Liberal Education and the Idea of the West", in *The West and the Liberal Arts*, Ralph Hancock ed. Lanham, MD: Rowman & Littlefield, 1999.

② David B. Wong, "Complexity and Simplicity in Aristotle and Early Daoist Thought", in *How Should One Live: Comparing Ethics in Ancient China and Greco-Roman Antiquity*, Berlin & NY: De Gruyter, 2011, pp. 259 - 277, at p. 259.

are like one another and sharply distinct from modern Western political theory in that they are "perfectionist". I do not mean that they insist on utopian moral ideals at the expense of a concern with the best possible lives under imperfect real-world conditions. ① Rather, they are perfectionist in two key theoretical respects: both ancient philosophical traditions treat questions about the human good as prior to questions about human rights (and hence are distinct from Kantian and Neo-Kantian Western political theory) and both treat questions about the value of a whole life as prior to questions about the value of a particular action or intention (and hence are distinct from Western utilitarianism)② .

Hence one goal of comparative teaching is to provide an opportunity to see ourselves from the outside. As Michel Foucault puts it, "What can the ethics of an intellectual be——I claim this title of intellectual, though, at the present time, it seems to make certain people sick——if not this: to

① Every good reader of Kongzi and Zhuangzi, and of Plato and Aristotle, knows that are not "perfectionist" (or moralistic) in this sense. For Kongzi, see Joel Kupperman, "Tradition and Community in the Formation of Character and Self", in Kwang-loi Shun and David Wong, eds. *Confucian Ethics: A Comparative Study of Self, Autonomy, and Community*, Cambridge: Cambridge University Press, 2004: 103 – 123. Kupperman notes Kongzi's "repeated insistence that he himself has much (in general) to learn from others", and goes on to say, quoting*Analects* XIV, 32, that for Kongzi "perfection is never presented as a realizable goal. It is a hallmark of a gentleman [or exemplary person, *junzi*] that 'he grieves at his own incapacities'" (p. 111).

② An elaboration of this insight underlies the constructive theorizing of Joseph Chan, Confucian Perfectionism: A Political Philosophy for Modern Times, Princeton University Press, 2014. Chan puts the matter as follows: "A political perfectionist approach takes the human good, or so-called conception of the good life, as the basis for evaluating a social and political order. It justifies 'the right' by reference to 'the good', to use contemporary philosophical terminology. This approach decouples liberal democratic institutions from those popular liberal philosophical packages that place the right prior to the good and base liberal democratic institutions on fundamental moral rights or principles, such as popular sovereignty, political equality, human rights, and individual sovereignty" (p. 192). For Chan, Kongzi provides a better starting point for evaluating modern politics than does modern Western theory. I have made a similar case for the contemporary relevance of Plato and Aristotle in "'Lopp'd and Bound': How Liberal Theory Obscures the Goods of Liberal Practices", in R. Bruce Douglass, Gerald Mara, and Henry Richardson, eds., *Liberalism and the Good*, New York: Routledge, 1990, pp. 167 – 202.

make oneself permanently capable of detaching oneself from oneself (which is the opposite of the attitude of conversion)?"① It would not be misleading to describe the project of teaching political theory as, in this sense, postmodern and critical in a Straussian as well as a Foucauldian way. For Leo Strauss, liberal education is a mode of achieving this Foucauldian goal by the process of constructing a dialogue in which we participate, one that introduces us to a contentious world of thought that at its best has the power to give us a critical purchase on who we are and want to be, producing, in Foucault's terms, an attitude that is the opposite of that of conversion:

> Liberal education consists in listening to the conversation among the greatest minds. But here we are confronted with the overwhelming difficulty that this conversation does not take place without our help——that in fact we must bring about that conversation. The greatest minds utter monologues. We must transform their monologues into a dialogue, their "side by side" into a "together." ... We must then do something which the greatest minds were unable to do. Let us face this difficulty——a difficulty so great that it seems to condemn liberal education as an absurdity. Since the greatest minds contradict one another regarding the most important matters, they compel us to judge of their monologues; we cannot take on trust what any one of them says. On the other hand, we cannot but notice that we are not competent to be judges. ... Each of us here is compelled to find his bearings by his own powers, however defective they may be. ②

Giving in to the undeniable temptation to treat any text or tradition as a potential

---

① Michel Foucault, in an interview, "The Concern for Truth" in L. D. Kritzman, *Michel Foucault: Politics, Philosophy, Culture*, Routledge, 1988, p. 263.

② Leo Strauss, "What Is Liberal Education?" in Strauss, *Liberalism Ancient and Modern*, NY: Basic Books, 1968, pp. 3 - 8, at pp. 7 - 8.

Bible, or to treat our academic discipline as having the final say in such matters of meaning and value, can block the chances for liberal education. ①

I learned another related lesson when I was teaching a comparative course on my own, from Youngmin Kim, now at Seoul National University in South Korea, who succeeded Michael Nylan at Bryn Mawr. I asked Youngmin to come to my class to talk with the students and me about the *Analects*. He graciously agreed, but said that there was one sort of question he would *not* answer: He would not give "the meaning" of various stories and sections from the *Analects*. The students were a little taken aback when I told them about the ground rules for the upcoming class, but in the end we had a wonderful session with Youngmin precisely because of what he refused to do——he forced us all to ask harder and better questions, to propose and then criticize various interpretations, rather than passively listening to discussion-stopping answers from an expert.

Such experiences and discussions persuade me that the goal, or at least the primary goal, of such comparative courses is primarily to develop the students' capacity for the interpretation of texts (and not for the practice of specialized disciplinary scholarship), and secondarily and indirectly, though in the end more importantly, of the interpretation of communities, institutions, and practices. ②Is this a political or normative goal as well as a

① Paying attention to liberal education calls on us to read the texts both as political or literary theorists and as human beings troubled by the question of the best human life.

② A stirring statement of the connection between the practices of close interpretive reading and of democratic citizenship, if perhaps a little too enthusiastic in its devotion to athleticism as a human virtue, comes from Walt Whitman: "Books are to be call'd for, and supplied, on the assumption that the process of reading is not a half sleep but, in the highest sense, an exerciser, a gymnast's struggle; that the reader is to do something for himself, must be on the alert, must himself or herself construct indeed the poem, argument, history, metaphysical essay——the text furnishing the hints, the clue, the start or frame-work. Not the book needs so much to be the complete thing, but the reader of the book does. That were to make a nation of supple and athletic minds, well train'd, intuitive, used to depend on themselves and not on a few coteries of writers." "Democratic Vistas", in *Walt Whitman: Complete Poetry and Collected Prose*, New York: Library of America, 1982, pp. 929 -994, at 992 -993.

theoretical or intellectual one? Yes, though indirectly——it rests on the hope that better interpreters are likely to be in some hard to specify way better human beings, including better citizens, better able to oppose the deep and powerful human inclination to pseudo-speciation, Erik Erikson's name for the drive to falsely identify human beings different from oneself as members of another inferior and yet threatening species, not human beings at all——as in the ancient Greek distinction between non-Greek "barbarians" (*barbaroi*)① and Greek-speaking "foreigners" (*xenoi*).②

But how can we go about implementing this educational goal in classroom practice? I suggest one step lies in recognizing the need for two apparently antithetical moments or elements in the process of teaching intercultural or comparative political thought via text interpretation, both involved in the stage-setting work of laying out the historical and cultural or endoxic contexts for these texts, one *familiarizing* and the other de-*familiarizing*. To begin with, we need to make the texts less strange, more familiar: What was political life like in the Warring States period in China and in 5th and 4th centuries BC Athens? What were the *endoxa*, the prevailing opinions, in these societies, the opinions and ways of life that set the stage for the emergence of the philosophical and literary texts we will be studying? This will have to be superficial and sketchy, and so it is very important to stress both the tentativeness of any such history (of its

① But on the difficulties and complexity of understanding the meaning of "barbarians" in ancient Greek and ancient Chinese literature, see Michael Nylan, "Talk About 'Barbarians' in Antiquity", *Philosophy East and West* 62: 4 (October 2012): 580 - 601. Nylan suggests that it is an all too tempting modern Western mistake to treat the views of the Chinese and Greek ancients as primitive rather than as a possible source of self-criticism: "we products of modern nationalist rhetoric come equipped with such impoverished senses of personal identity and worth that we may be much more likely to trade in unthinking excoriations of the Other outside our communities than did members of the governing elite in the distant past."

② See Arjun Appadurai, *Fear of Small Numbers: An Essay on the Geography of Anger*, Durham, NC: Duke University Press, 2006, on the perhaps surprising growth and strength of this parochializing and horrendously destructive as well as profoundly unjust falsehood in our age of globalization and expanding cosmopolitanism.

permanently provisional and revisable character) and the need to return to it constantly as the term proceeds.

The second element of this introductory process involves making the texts *less* familiar and more strange by calling into question prevailing stereotypes about, say, China and the West that students bring with them to this study, both positive and negative, firmly held stereotypes that will lead them to find in the texts things they think they already know are there. If familiarizing tries to make the context less strange, de-familiarizing attempts to make the contexts *more* strange and difficult to understand. Kongzi and Xunzi and Plato and Aristotle are not our contemporaries, and must not be read as if they were. They do not share our endoxa, or our histories, or our immediate futures. On the other hand, they also must not be read as if they either confirmed "our" sense of our own moral and intellectual superiority (as good democratic opponents of various forms of dogmatic despotism) or, at the opposite extreme of the student expectations I have encountered, "our" sense of the moral and intellectual bankruptcy of modern Western materialism and individualism. I realize that most good teachers will perform these familiarizing and de-familiarizing moves as a matter of course——my recommendation is only that we not only be very aware of what we are doing but that we also share our intentions with our students.

These familiarizing and de-familiarizing moments are matters to be opened during the first week of class——I don't want to lay down the law and thus unduly limit "their" imagination in interpreting the texts. But I do want to tell "them" at the start that the kind of work "they" will be doing in the course is difficult, and "they" can't treat the texts as bits of information to be absorbed or slotted neatly into the concepts and categories "they" bring to it——or into specialized disciplinary concepts and categories "they" expect teachers to supply. The task here is, in John Furlong's words, "to diminish those exaggerated and pedagogically tendentious student desires for an Other of their own making". [①] I have used scare quotes around the third person plural pronouns in this paragraph to call attention to the fact that our students are not a uniform and homogeneous mass, and that a central element of teaching well is to find out who the students in each class you teach are. This is especially true of comparative theory courses. To do this you have to encourage students to speak and/or write as much as possible about the matters you are discussing——and thus try to lecture as little as possible——but, and this is never simple, you need to be clear that the work in the course calls for a certain kind of rigor and self-discipline, that it is not the case that anything goes. The great pedagogical problem we all need to address is this: How can the activity of text interpretation be characterized in a way that will give students a sense of rigor and discipline without supplying them a misleadingly precise algorithm? I know of no better guide to how to achieve this purpose than a lightly but essentially ironic piece of advice from Harry Berger, a master of literary and philosophical interpretation, about how to "induct" students into the community of interpreters we wish to construct in the classroom:

The first and most important move every young citizen of the interpretive community should make is to perform the pledge of allegiance to interpretation, and I don't think it's a bad idea for students to learn a little piety along with the move. So I urge all teachers everywhere to insist that their students begin every class by murmuring in unison, and with expression, dutifully and even prayerfully, the two parts of the primal invocation that will prepare all American children to question both church and state:

1. Let there be at least one unacceptable interpretation of any text.
2. Let there be at least two acceptable interpretations of any text.

---

① Furlong, "Reenchanting Confucius: A Western-Trained Philosopher Teaches *The Analects*", in Jeffrey L. Richey, ed., *Teaching Confucianism*, Oxford: Oxford University Press, 2008, pp. 187 - 201, at p. 194.

> This little pair of exhortations seems innocuous, but taken together and perused more closely they open up a space between dogmatism and indeterminacy; they establish textual boundaries that can be policed. More important, they establish a contestatory field within which what counts as truth, or as knowledge, or as fact, emerges only through a process of textual perusal and interpretive negotiation. These are fine words, but they don't mean a thing unless we can agree on the way we use terms like *peruse* and *text*, about which more below. ①

Berger's playfulness and irony bring out quite wonderfully the character of such teaching, as well as the need to avoid taking our work either too seriously (as "police") or not seriously enough. His instructions remind me of Plato, Kongzi, Zhuangzi——and others?

The kind of approach to the texts and contexts that I want to encourage is thus one that avoids admittedly stereotypical and criticizable versions of my own about cultural anthropologists (but see Appadurai, *Fear of Small Numbers*), economists (but see Amartya Sen), and missionaries (both of the older religious kind and of the more recent political variety). ② Beyond that, however, I want to stress my belief that political theorists/philosophers should avoid making a sharp division of labor between historical scholars who examine events and institutions and theorists or philosophers who concern themselves with the interpretation and critique of texts or concepts. This is so much easier to say than to do: the great demand on us is that to do either history or theory well we have to be at least familiar with each of the two approaches. For text or "canon"-centered people like me, this means being able to place texts in an historical context, treating them as a potentially a critical response to or interrogation of that context, without reducing their

---

① Harry Berger, *Situated Utterances: Texts, Bodies, and Cultural Representations*, New York 2005, pp. 494 - 495.

② See Salkever and Nylan 1994.

meaning to those contexts. In intercultural political philosophy this means stressing the extent of *contestation* within a community or culture even more than the extent of the agreement and unity that establishes the borders of that community. ①I agree very much with a position set out by Melissa Williams and Mark Warren, on the need to see comparative inquiry as a productive and creative enterprise, rejecting an older approach that tried to catalogue and contrast the presupposed "givens" of particular cultures——though we should be prepared to find that this kind of cataloguing is precisely what all too many undergraduates, even sophisticated ones, want from our comparative courses. What I propose as a less misleading though admittedly less direct path to thinking across cultures or communities is to focus on intra-cultural *contestations* (Kongzi*versus* Zhuangzi, Thucydides' Pericles *versus* Plato's Socrates——and *both* versus the mainstream of modern Western political philosophy) along with analysis of the questions that are implicit in these contests——and how the questions, such as the question of the best life,② take different forms in different times and places. I do assume here,

① Contrast Schwartz, *Yen Fu and the West* and *The World of Thought in Ancient China* (1985), with François Jullien, *Detour and Access: Strategies of Meaning in China and Greece* (New York, 2004). Schwartz stresses the permeability of cultural borders, while Jullien treats them as nearly absolute. On the contrast between these two approaches to comparing China and the West, and on the need to take both seriously whichever one you prefer, see my review of Jullien in *Bryn Mawr Classical Review* (2004) 2004. 08. 17.

② Bernard Williams famously argues that the question Plato's Socrates poses in Books 1 (344e, 352d) and 10 (618b-c) of the *Republic*, "What is the most choice worthy life for a human being", is "the best place for moral philosophy to start": "Philosophy starts from questions that, on any view of it, it can and should ask, about the chances we have of finding out how best to live; in the course of that, it comes to see how it itself may help, with discursive methods of analysis and argument, critical discontent, and an imaginative comparison of possibilities, which are what it most characteristically tries to add to our ordinary resources of historical and personal knowledge." "Socrates' Question", in Williams, *Ethics and the Limits of Philosophy*, Harvard University Press, 1985: 1 – 21, at p. 3. For modern Western political theorists, such as John Rawls and Jürgen Habermas, the initial question is much more narrowly framed and much more susceptible of certain and even formulaic (as opposed to discursive) answers. For Habermas, "In general, moral philosophers and political theorists have felt that their task is to provide a convincing substitute for traditional justifications of norms and principles." *Inclusion of the Other* (MIT Press, 1998): 79. Habermas goes on to argue that this question is made more complex by the increasingly "plural" character of the modern world, but that it is nevertheless open to the Neo-Kantian solution he provides.

and I think we all do in both our theorizing and our teaching, that there are certain quasi-permanent human questions, such as the question of the best life, that need to be asked and answered by each of us as individuals in conversation with others, but which cannot be answered universally and with certainty by any universalizing theory or philosophy, no matter how compelling and helpful.

What questions should students bring to the texts to help achieve these goals? Here are five suggestions I supply to students in all my classes——and I think they are especially valuable in comparative courses——as a way of initiating an *active* and interpretive reading, a reading that turns the words on the page into a voice in a dialogue with you the reader and with others. All five direct attention to approaching texts not as a celebration of ideals but as accounts of *problems*, as problematizing discourses. On my reading at least, one that is surely open to challenge, this approach is in line with the practice of Kongzi①, Zhuangzi, Plato, and Aristotle (not to mention Arendt and Foucault) ——though perhaps not of philosophy understood in the mode of analytic philosophy (as with Rawls and, to a lesser degree, Habermas), whose primary goal is to remove disputes about key normative concepts so that we can move forward to establish the best possible political constitutions and institutions. The five questions I regularly use are as follows:

(1) Ask the text not only "What are your ideals or hopes?", but also what do you fear most about the future of your or my polity or

① I suggest the following as a Confucian reflection on the place of interpretation in the education of a good human being or exemplary person (*junzi*): "Confucius said, 'One who does not understand fate (*ming*) lacks the means to become a gentleman (*junzi*). One who does not understand ritual (*li*) lacks the means to take his place. One who does not understand words lacks the means to evaluate others.'" Confucius, *Analects*, 20: 3, Edward Slingerland trans. (Indianapolis, IN: Hackett, 2003). One might add 17: 2 in the same translation: "By nature (*xing*) people are similar; they diverge as the result of practice (*xi*)."

community or . . . ? Of course, any sensible person sees more than one danger, but what are the priorities?

Examples: bureaucratic control, class oppression, corruption, injustice of various kinds, internal conflict and civil war or disorder, loss of civic energy or public spirit, loss of public or private identity, oppression by outsiders, oppression of minorities, poverty, too much equality, too much inequality, tyranny, totalitarianism, etc.

(2) What causes the dangerous trends you fear? Specific local conditions? Regional or global ones? Universal human qualities?

(3) How can these dangers best be met——and to what extent? What measures can be taken to combat these dangers? Change institutions? Policies? Attitudes? Beliefs?

(4) What stands in the way of carrying out these measures? Culture? Economy? Local problems? Regional or global ones? Universal human qualities?

What are the principal arguments against your position? Why doesn't everyone agree with you?

(5) To what extent can these dangers be averted or overcome? This is the theory and practice problem. Where to place this text and voice on a continuum that runs from utopian moralism to cynicism or fatalism?

There is nothing special about these questions, and others will find better ones to suit particular educational settings. My goal here is only to encourage reflection on how to present the problem of text interpretation in a way that satisfies the aims of Harry Berger's program quoted above. In particular, these five questions, by asking students to place the texts in the context of ongoing conversations with "projected readers" from another time and place, are especially valuable in comparative courses, as a means of avoiding imposing presupposed cultural stereotypes, categories, and ideals on the texts' "implied authors", to use Wayne Booth's indispensable phrases. [①]

At the beginning of this essay, I suggested that any adequate account of how to teach comparative theory courses has to deal with the question of the relation between classroom teaching and the activity of doing comparative theory for a disciplinary or public audience——how should we see the connection between teaching and scholarship? I think these two practices are not the same and that they pull those of us who practice both in different directions, and that, unfortunately, the point of classroom teaching is often regarded as nothing more than preparing students for professional scholarship (and the content of such teaching is too often seen as a watered-down byproduct of our scholarship), rather than as an element of liberal education, an education that aims at promoting choice worthy human development rather than the acquisition of specialized knowledge. But if this is so, the question of how best to understand the relationship between teaching and scholarship in comparative work remains to be considered. I have the following suggestions to offer concerning the possibility of a dialectically productive relationship between these two activities.

To begin with our scholarship, comparative theorizing often seems to involve a potentially harmful resistance to several forms of uncertainty and imprecision. We, like other scholars in the humanities, share an inclination to avoid *ambivalence*, however appropriate that ambivalence might be. [②]Good political theorists in their writing want to stake out a clear position, one that is, as far as possible, not open to critique. There is a powerful desire not to appear weak and wishy-washy. There is a related disinclination to tolerate *ambiguity* of expression, which results in the tendency to aim at precision

---

① Booth, *The Rhetoric of Fiction*, Chicago: University of Chicago Press, 1983.

② See David Wong, *Natural Moralities: A Defense of Pluralistic Relativism*, Oxford: Oxford University Press, 2006, for a defense of "appropriate ambivalence" in the sense used here. This is especially important in comparative political philosophy today.

and finality above all else, even at the price of inaccuracy. [①]Aristotle's advice in Book 2 of the *Nicomachean Ethics* (1104a) about the need to recognize that different fields of study require different degrees of clarity and certainty, and that the degree of precision of a discourse must vary with the subject matter of that discourse, is often cited but rarely taken seriously. But in matters concerning human ways of life, too much precision and clarity is as much a vice as too little. We all recognize the drift toward excessive single-mindedness and precision when dealing with quantitative arguments——but this is surely true of many discursive and non-quantitative theoretical arguments as well, especially since our modern Western academic *endoxa* often elevate, inappropriately, natural science and predictive laws as a standard for rigorous inquiry in the humanities.

On the other hand, the activity of classroom teaching, as distinct from disciplinary scholarship, tends to be less driven by a felt need for single-mindedness and precision. In teaching, what we come to worry most about, in my experience, is avoiding as best we can certain known pitfalls that get in the way of educating students, such as *either* pandering to students by telling them what we think they want to hear *or* laying down the law concerning the true meaning of our texts. We also want to avoid inducing boredom, to stay away from flattery or self-aggrandizement, and to resist over-simplification as well as over-complication. We want not so much to persuade and convince, as we do when we theorize in print and at professional conferences, as to get students to love what we are doing and to practice it well for themselves——to introduce them to a practice, the practice of Harry Berger's or Walt Whitman's (see note 19 above) community of active interpreters. But it is

---

① I have discussed the importance of the capabilities framework developed by Amartya Sen and Martha Nussbaum on the question of precision and accuracy in Salkever, "Precision versus Accuracy: The Capabilities Framework as a Challenge to Contemporary Social Science", *The Good* Society 9 (1999), pp. 36 – 40. Sen, as an economist, is especially important for his insistence that an excess of precision can lead to less accuracy.

also surely the case that teacherly tentativeness and ambivalence can be over-valued and fetishized. Perhaps the best way to think about the relationship between theory and teaching for those who practice both is to recognize that they are different from each other, and to hope that there are productive ways in which these two different approaches to the same subject matter——the one we practice in the study or the conference and the one we practice in the undergraduate classroom——can correct one another, each pointing out and guarding against the characteristic pitfalls of the other. ①

If I am right about this, the goal of comparative political theory or philosophy should not be to discover the truth about the world or about human action by taking the best elements of various texts from different traditions and cultures, nor to treat such comparison as the royal Hegelian road to uncovering the truth about the inner character of the cultures from which such philosophizing emerges, but to enrich our own imagination and inquiry into the problems that we confront in our own worlds of thought and action. The goal is improved judgment rather than certain knowledge or wisdom. Probably such a goal is easier to grasp for professors of comparative literature than for professors of philosophy——and this in turn is a good reason for resisting any tendency to draw a sharp disciplinary distinction between comparative literature on the one hand and comparative philosophy or political theory on the other, a tendency that is likely to be quite powerful today not only in research universities but in small colleges that aspire to be known for research as well as teaching. On the other hand, I do think it is a good idea to maintain a clear sense of the difference between the humanities and the

---

① I have focused on the undergraduate classroom because I think it is the key space of liberal education, but I believe my point can be extended to the question of graduate instruction. To begin with, graduate teachers and students could recognize that graduate education aims at training good practitioners of both theory and pedagogy, to see that good undergraduate teaching is not simply applied or watered-down theorizing, and to avoid the tendency of the theorists of pedagogy to replace discursive reflection on the meaning of our teaching with precise algorithms derived from the currently expanding project of educational theory.

natural sciences. But in stressing the importance of distinguishing between the humanities as a whole and modern science, I am not suggesting that we should build a "two cultures" wall between the two. The best teaching and learning in the humanities and the sciences is informed by an understanding of work done in the other——but both suffer (and especially the humanities) insofar as it is presupposed that there is no significant difference between the two. ①

I conclude with two reflections on the meaning and the prospects of liberal education as I understand it here. One of the terms that has recently become popular as a label for the intellectual virtue that liberal education aims to develop is "critical thinking", which is often taken to mean the negative ability to unmask and debunk the positive claims contained in the texts we consider. Michael Roth's critique of this understanding of "critical thinking" as a goal or a virtue is acute:

> The skill at unmasking error, or simple intellectual one-upmanship, is not totally without value, but we should be wary of creating a class of self-satisfied debunkers——or, to use a currently

① Two excellent resources for thinking through the connections between political theory, philosophy, and the humanities as a whole are the essays by Ruth W. Grant, "Political Theory, Political Science, and Politics", *Political Theory* 30: 4 (August 2002) 577 - 595, and by Bernard Williams, "Philosophy as a Humanistic Discipline", in Williams, *Philosophy as a Humanistic Discipline*, Princeton University Press, 2006: 180 - 199. Grant and Williams, in quite different ways, recognize the importance of modern natural and social science, but argue that philosophy and political theory and the humanities in general should be understood as distinct from science, something denied, in different ways, by scientifically inclined analytic philosophers and practitioners of the digital humanities, who argue that rigor and disciplinary respectability can be achieved only insofar as the humanities become sciences, as well as by many recent postmodernists, who deny any distinction between the humanities and the sciences. How to draw the line between science and the humanities is the central question. Grant proposes that work in the humanities is distinct from work in the sciences in three ways: it is historical (Grant says "conservative", but by that she does not mean that work in the humanities is supportive of the political status quo), rather than presentist; it is critical and evaluative, rather than value-free and predictive; and it is productive or action-guiding rather than complete in itself.

> fashionable word on campus, people who like to "trouble" ideas. In overdeveloping the capacity to show how texts, institutions, or people fail to accomplish what they set out to do, we may be depriving students of the capacity to learn as much as possible from what they study. ①

But there is another and older sense of "critical thinking", located in the modern German tradition of philosophizing about education and the development of judgment as an intellectual virtue that fits my account of liberal education more closely. Hannah Arendt was one of the most committed and eloquent defenders and practitioners of this kind of education. In rejecting a critic's claim that political theorists should present themselves as committed political actors in the classroom, Arendt reflected on the nature and the political meaning of her own teaching, rejecting the idea that the teacher's job is to indoctrinate, but still asking herself about what the political consequences are of this kind of thought which I try, not to indoctrinate, but to rouse or to awaken in my students, are, in actual politics. . . . And then this notion, that I examine my assumptions, that I think——I hate to use the word because of the Frankfurt School——anyhow, that I think "critically", and that I don't let myself get away with repeating the clichés of the public mood [comes into play] . And I would say that any society that has lost respect for this is not in very good shape. ②

---

① Roth (2014): 182 – 183. Roth's point is reminiscent of Plato's Socrates' assertion (*Phaedo* 89c – 90d) that the greatest of evils that can happen to a human being is misology, the hatred of *logoi* or discourses, that occurs when someone becomes convinced that arguments they have previously accepted are false, and concludes from this that all arguments are therefore false. This, for Plato's Socrates, is an evil because without a willingness to listen and respond to texts we can never live an examined life.

② "Hannah Arendt on Hannah Arendt", in Melvyn A. Hill ed., *Hannah Arendt: The Recovery of the Public World*, New York 1979: 301 – 339, at 309. Arendt's resistance to the Frankfurt School is based on her view that while its leaders (Adorno, Horkheimer, Marcuse, et al.) stress self-critique, they do so on the basis of overly deterministic theoretical frames, mostly revised versions of Freudian psychoanalysis and Marxist historicism.

A central element of liberal education is to increase both the taste for and the ability to engage in reflexivity: the examined life, something close to the core of education in both the ancient Greek and Chinese philosophical traditions, but much less so from the perspective of the pedagogical and moral *endoxa* of the modern West. We are now more likely to admire objectivity if we are scientists and commitment if we see ourselves as humanists. Following Arendt, a superb classroom teacher as well as theorist/philosopher, I suggest we try to walk a third way.

One final concern. The English expression "liberal education", and the existence of a relatively large number of colleges devoted to the practice of liberal education have emerged historically, over the past two hundred years or so, within the modern West, mostly in the United States though to a considerably smaller degree in Europe. Does liberal education represent one more form of modern Western cultural imperialism? This question has to be taken seriously, and I know of no way to rebut with certainty the charge it enunciates, but there are grounds for hoping that liberal education is not guilty. Michael Roth gives voice to such a hope in his comments on his experience of lecturing and speaking with students in China: "My experience in China raises my own hope that the thoughtful inquiry sparked by liberal education will enable diverse communities to overcome more of their blindness to one another and to the problems they (and we) share."① My own brief visit with students and faculty at Boya College of Zhongshan (Sun Yat-sen) University in Guangzhou, as well my work over the past several years with Chinese undergraduates at Bryn Mawr, leads me to a similarly hopeful conclusion. Liberal education as I know it in the United States is no doubt modern and Western, but the practice of this education will, I think, seem very familiar to any culture that has a tradition of close, active, and critical

① Roth 2014, p. 195.

reading of carefully selected texts (plural, not singular!), as China surely does, and as the study of ancient Chinese political thought demonstrates. Work in comparative philosophy and literature is, in my view, likely to succeed insofar as it is tied *primarily* to this project of liberal education, and not to the much more widespread and powerful project of establishing one more carefully bounded and self-consciously distinctive academic discipline, or to any immediate political project, whether the refinement and extension of the democratic vision or of some non-democratic alternative to it. ①

Works Cited:

1. Leo Strauss, "What Is Liberal Education?" in Strauss, *Liberalism Ancient and Modern*, NY: Basic Books, 1968.
2. Melvyn A. Hill ed, *Hannah Arendt: The Recovery of the Public World*, New York 1979.
3. Wayne Booth, *The Rhetoric of Fiction*, Chicago: University of Chicago Press, 1983.
4. Bernard Williams, *Ethics and the Limits of Philosophy*, Harvard University Press, 1985.
5. L. D. Kritzman, *Michel Foucault: Politics, Philosophy, Culture*, Routledge, 1988.
6. R. Bruce Douglass, GeraldMara, and Henry Richardson, *Liberalism and the Good*, New York: Routledge, 1990.
7. Ralph Hancock ed. Lanham, *The West and the Liberal Arts*, MD: Rowman & Littlefield, 1999.
8. Stephen Angle, *Human Rights and Chinese Thought: A Cross-Cultural Inquiry*, Cambridge: Cambridge University Press, 2002.

---

① Contrast this account of the goal of teaching with Habermas's Neo-Kantian account of the two things that "professors" do. Undergraduate teaching and the practice of liberal education, unsurprisingly, is not one of them: "Professors are, of course, not only scholars who are concerned with public-political issues from the viewpoint of an academic observer. They are also *participating citizens* [italics in text]. And on occasion they also take an active part in the political life of their country as intellectuals." *Between Naturalism and Religion*, trans. Ciarin Cronin, Cambridge: Polity Press, 2008, p. 22.

9. Kwang-loi Shun and David Wong, eds. *Confucian Ethics: A Comparative Study of Self, Autonomy, and Community*, Cambridge: Cambridge University Press, 2004.

10. Harry Berger, *Situated Utterances: Texts, Bodies, and Cultural Representations*, New York, 2005.

11. Arjun Appadurai, *Fear of Small Numbers: An Essay on the Geography of Anger*, Durham, NC: Duke University Press, 2006.

12. Bernard Williams, "Philosophy as a Humanistic Discipline", in Williams, *Philosophy as a Humanistic Discipline*, Princeton University Press, 2006.

13. David Wong, *Natural Moralities: A Defense of Pluralistic Relativism*, Oxford: Oxford University Press, 2006.

14. Jeffrey L. Richey, *Teaching Confucianism*, Oxford: Oxford University Press, 2008.

15. Stephen Angle, *Contemporary Confucian Political Philosophy*, Cambridge: Polity Press, 2012.

16. Michael S. Roth, *Beyond the University: Why Liberal Education Matters*, Yale University Press, 2014.

Some Reflections on Sinologism

GENG Youzhuang*

中文摘要 在近年举行的学术会议中，“汉学主义”这个新名词频频出现，很多学者在最近出版的学术杂志上也经常会看到这一新的术语。在西方文化长期占主导地位的背景下，对“汉学主义”的讨论会显著地提升中国学术理念的影响力。但是，一方面，汉学主义这一词汇本身需要更明确清晰的界定，另一方面，如何理清这一词汇包含着西方话语和理论模式的印记，如何区分汉学主义与东方主义，这是中国学者们在对汉学的推广中必须面对的问题。

关键词 汉学主义；东方主义；理论模式

A new term, Sinologism, has frequently appeared in some Chinese journals and conferences recently. As there are more and more cross-cultural communications and exchanges today, it is worth giving the term Sinologism more attention. Facing the influence of a Western-dominated culture, the discussion of this term will surely help promote the development of Chinese academic ideas. However, Sinologism as a term needs a better analysis and clearer definition. What is more, this term itself bears the hint of Western

* 作者为中国人民大学比较文学与世界文学专业教授，哲学博士。

discourse or theoretical models, similar to another term: Orientalism. If Sinologism is used only to describe those Western scholars, especially the sinologists who are treating Chinese culture condescendingly, or is referring to the Chinese scholars who are following the Western terms blindly in their academic research, the issue is much simpler. On the contrary, this is not the complete intention or purpose of putting forward and employment of a term as such. If Sinologism is a theoretical paradigm first proposed by Chinese scholars and used to characterize and explain a certain way of intellectual production in general, we need to have a deeper and more thorough exploration of it theoretically. This is not an easy case that can be achieved in this short essay. Therefore, it is better to analyze some specific cases than to hastily construct a theoretical system. The following cases might be related to the appearance of the term Sinologism.

Victor Segalen and the Issue of Imagining a Foreign Land in Cross-cultural Exchange

Victor Segalen, after being marginalized for a long time in France, North America and China, has recently been rediscovered and created much heated attention among scholars. One by one, his works have been translated and introduced into the Chinese and English speaking worlds, resulting in a growing number of studies on Segalen. Currently, Victor Segalen's contribution has been widely recognized as both a writer and a sinologist, and his historical status is already unshakeable. Again the recovery of Victor Segalen proves one fact: like the reception of a literary work, people's understandings of academic research changes all the time.

However, reading Segalen's works, we will notice an interesting phenomenon: it is hard to separate, on the one hand, his rigorous and detailed on-the-spot investigations and, on the other hand, his passionate and graceful imagination of a foreign land. The identities of being a poet and a scholar cannot be more perfectly integrated. All of Victor Segalen's "sinological" works, such as, *Mission archéologique en Chine* (1923 – 24), *Stele* (1921), *Paintings* (1916), have presented the history and the nature of ancient China, but their main themes have revealed an ideal kingdom coming from a poet's imagination. In light of the debates around Orientalism, how should we understand Victor Segalen? This is a tough question. Even in the title of Victor Segalen's book *Essay on Exoticism*: *An Aesthetics of Diversity*, one can see that his view on the Orient is not much different from that of other Western writers and thinkers who have been heavily criticized for their prejudice and condescending attitudes. However, for Segalen, "The Exoticism's power is nothing other than the ability to conceive otherwise."① To explore this further, in light of Sinologism, how should we evaluate Victor Segalen's academic research? This again is hard to answer. We know that the sinological works of Victor Segalen reflect the history and historical reality of ancient China, but its main purpose is to reveal or display an ideal kingdom in a poet's imagination. Just as Segalen once said to his friend Debussy, "it was not a creation of China itself that I came to look for but a vision of China".②Maybe from the perspective of Orientalism or Sinologism, there is nothing that should be questioned other than the pursuit for "exoticism" and the search for "illusion". However, is it not a fact that there has always been the imagination of the foreign land in cross-cultural communication and exchange? Is not imagination itself one of the methods of intellectual production?

---

① Victor Segalen, *Essay on Exoticism*: *An Aesthetics of Diversity*, trans. Yael Rachel Schlick, Durham: Duke University Press, 2002, p. 19.

② Quoted from Andrew Harvey and Iain Watson, "Introduction to Victor Segalen", *Paintings*, London: Quartet Books Limited, 1991, p. viii.

Michel Foucault and the Issue of Our Historical or a Priori Existence

Michel Foucault's famous book *Order of Things* speaks about Jorge Luis Borges who quoted some strange and bizarre things from a "certain Chinese encyclopedia". Foucault claimed that his book brought upon so much laughter with regards to this "encyclopedia". What is more, in *Order of Things*, Foucault made his famous statement about China, using several pairs of words which are quite meaningful to us today: "the reservoir of Utopia" / "mythical homeland", "dreamworld" / "site of space", "realm of imagination" / "the other extremity of the earth."① With these words, Foucault was clearly trying to find a kind of balance between the two understandings of China in the West- namely the China in the sense of dream, imagination and utopia, and the China in the sense of geography or topology. Although such words of Foucault unavoidably may result in many questions, the hidden ideas in such usages should not be ignored.

First of all, Foucault seems to deliberately set up his argument around an unreliable book, a "certain Chinese encyclopedia", which may very well be the invention of a writer's imagination. Secondly, although the categorization of this Chinese encyclopedia is absurd, the illogical categorization that makes people laugh contains a unique power of logic. Logic is used to juxtapose real things and imaginative things. This power exposes not only the limit of our (Foucaultian) thought, but also the limit of our (Chinese) thought. Are we thinking in this way? Did our ancestors think in this way? If so, do we ever know or reflect on the significance of such ways of thinking? Last, but not the least, we have seen

① Michel Foucault, *Order of Things: An Archaeology of the Human Sciences*, London/New York: Routledge, 2002, pp. xx - xxi.

that there are elements of imagination of the foreign land in Foucault's own description of China. However, unlike many other Western thinkers, Foucault does not feel it inappropriate or uncomfortable for him to have this "unreal" understanding of China or the East. On the contrary, Foucault has realized and attempted to clearly express that in the mind of any Westerner, whether it be himself, Borges or anyone else, "China" is a construction——a unity or a combination of a real being and a fictional being, a product of thought and imagination. (Vice versa, for the Chinese, the West also has the same construction.) Therefore, for Foucault the unreal thing might be the real product in history because the impossible are not the incredible real beings in legends (such as the strange animals in that Chinese encyclopedia), because they are the products of thought and they are historical constructions. In contrast, the impossible is the so-called real understanding of us to the product of thought, namely the so-called objective understanding built on historical facts. There is no doubt that history exists, but history tells us that the most important thing is not whether history really exists but how history becomes the real or the unreal existence. This is our historical or a priori existence. This is the limit that our thought and imagination could not get beyond. As a result, what a sinologist should be concerned with might be whether the Western understanding of China is correct, but how this understanding has been formed, and the influence and the impact of such understanding as it has exerted itself upon history.

The Historical Status of the Poetics and Documents of Ernest Fenollosa-Ezra Pound

In his discussion concerning China, Foucault mentioned the Chinese written characters. He comments that "its writing does not reproduce the fugitive flight of the voice in horizontal lines; it erects the motionless and still-recognizable images of things themselves in vertical columns". ① Unlike the Western alphabetic and phonographic letters, the Chinese hieroglyphic and ideogrammic characters are just the spatial presence of images, without any relationship with the temporal continuation of sounds. However, this has been an incorrect Western understanding of Chinese language and character ever since Leibniz. Such an understanding apparently comes from an imagination of the alien or exotic countries, and many Westerners still firmly believe so. However, what is more interesting is that, based on the same opinion, there have been a number of different conclusions. For example, for Hegel the difference between phonographic and ideogrammic words has proven that Western culture is superior to Eastern culture. ②For Derrida, the Chinese ideogrammic characters can deconstruct the "phono-logocentrism" and thus could provide inspiration and evidence to dissolve the whole Western metaphysical tradition. ③

We all know that Derrida's ideas about Chinese ideogrammic characters come from two Americans, the sinologist Ernest Fenollosa and the poet Ezra Pound. The foundation for the so-called Fellonosa-Pounds poetics is Fenollosa's essay "TheChinese Written Character as a Medium for Poetry". The main thesis of this essay is that Chinese written characters appeal to the eyes, as "vivid shorthand pictures", having no relation to sound. This view has deeply influenced American and Western modern poetry and poetic theories. However, based on newly discovered materials, American scholars have had some break through insights on Fenollosa's essay. In 2008, *Ernest Fenollosa /Ezra Pound, The Chinese Written Character: A Critical Edition* edited by Haun Saussy, Jonathan Stalling and Lucas Klein was published,

---

① Foucault, "Preface", in *The Order of Things*, xx.

② G. W. F. Hegel, *Philosophy of Mind: Translated from the Encyclopedia of the Philosophical Science*, trans. William Wallace, New York: Cosimo, Inc., 2008 [1894], 80 - 82.

③ Jacques Derrida, *Of Grammatology*, trans. Gayatri C. Spivak, Baltimore: John Hopkins University, 1997 [1967], 160 - 179.

bringing us a more wholistic picture of the various editions of this essay. Later, Jonathan Stalling published his new book *Poetics of Emptiness* in 2010, giving a detailed analysis of the origin and the content of Fenollosa's ideas. This book provides a chance to explore Fenollosa-Pound poetics in a broader context and its significance for intercultural communication. Now we know that Pound only selected the parts that he thought were the most important and useful when editing Fenollosa's essay, while deliberately leaving out some other content. This is particularly true of the second part of the essay, another monologue that apparently belongs to the same series, which was completely abandoned and deleted by Pound. It is in this deleted part that Fenollosa discusses in detail the relationship between Chinese written language and sound, including the rhythms of Chinese poetry. Anyone who knows Fenollosa-Pound poetics would immediately recognize the great significance of this discovery.

Stalling points out that because Ezra Pound deleted this speech of Fenollosa, "American poets and readers have entertained principally visual notions of Chinese poetry devoid of sound, and therefore largely discordant with classical Chinese poetics and aesthetics". ①In fact, this is true not only to the American readers but also to the Chinese readers. Despite whether this is a critique or a praise, Chinese scholars have held similar opinions towards Fenollosa-Pound poetics, that is, that this poetic idea firstly concerns only the sharp images presented in poetry due to their creative misunderstanding of Chinese written characters. What is more, Chinese scholars normally associate Fenollosa-Pounds' incorrect understanding of Chinese characters with the Western tradition of ideas. The question is, since we finally have come to know that Fenollosa's knowledge of Chinese characters was not only limited to its form (imagery), but also with relation with many vocal

① Jonathan Stalling, *Poetics of Emptiness: Transformations of Asian Thought in American Poetry*, New York: Fordham University Press, 2001, 95.

aspects, does that mean that Pound's poetic practice and theory of "Chinese ideogrammic method" has lost its significance? Has Derrida's evaluation of this poetics and its historical status in the history of Western thought lost its foundation? Obviously, no. On the contrary, not only is the imagist poetic theory and practice based on the misunderstanding of Chinese written characters still "correct", but Derrida's evaluation and comment on Fenollosa-Pound poetics based on such "incorrect" knowledge is appropriate. Here we see the limit of historical priori to our thought and existence. This is also to remind us that we cannot only stay at the level of historical facts or rely on historical evidence to discover some imaginative misunderstanding or creative distortion. What is more important is to explore and discover how these misunderstandings and distortions have impacted and influenced our predecessors and our own ways of thinking, understanding and existing.

In light of this, how should we treat Wai-lim Yip's poetic ideas today? It is well-known that Wai-lim Yip is one of the major interpreters of Fenollosa-Pound poetics, and he has been deeply influenced by these poetics. What is worth noticing is that although Yip has been teaching, researching and writing in the United States, his works are widely accepted and recognized only in Asian areas. Concerning this phenomenon, Jonathan Stalling comments that unlike the older generation of sinologists such as Chang Chung-yuan, "Yip converts this 'Daoist' description of ancient Chinese poetry into a vibrant living poetics and critical methodology…. Writing prior to Edward Said's *Orientalism*, Yip claimed to have found a way to both acknowledge and challenge universal claims made by Western structures of knowledge, and he applied these critiques to translation practices decades before Lawrence Venuti or Tejaswini Niranjana's postcolonial translation theories".① Despite

---

① Jonathan Stalling, *Poetics of Emptiness: Transformations of Asian Thought in American Poetry*, 129.

whether this comment is true or not, it is more important to note that Stalling is reminding us that although Yip's "Daoist Modernism" in late 1970s did challenge an "uncontested Western literary hegemony", now it might also be "reterritorialized in a China-centered nationalist discourse".① Truly, it is also one of the issues that we need to pay attention to when we are discussing Sinologism.

Works Cited:

1. Jacques Derrida, *Of Grammatology*, trans. Gayatri C. Spivak, Baltimore: John Hopkins University, 1997.
2. Jonathan Stalling, *Poetics of Emptiness: Transformations of Asian Thought in American Poetry*, New York: Fordham University Press, 2001.
3. Michel Foucault, *Order of Things: An Archaeology of the Human Sciences*, London/New York: Routledge, 2002.
4. Victor Segalen, *Essay on Exoticism: An Aesthetics of Diversity*, trans. Yael Rachel Schlick, Durham: Duke University Press, 2002.
5. G. W. F. Hegel, *Philosophy of Mind: Translated from the Encyclopedia of the Philosophical Science*, trans. William Wallace, New York: Cosimo, Inc., 2008.

① Jonathan Stalling, *Poetics of Emptiness: Transformations of Asian Thought in American Poetry*, 154.

《中美比较文学》稿件体例

《中美比较文学》是由中美两国比较文学界合办的人文社会科学综合性学术集刊，旨在集中展示中美比较文学界最新研究成果。为方便作者写作和读者阅读，现将中文投稿注意事项告知如下：

1. 来稿以15，000字以内为宜。欢迎简明扼要而又论证充分的万字以内文章。所论重大理论问题、重要学术问题的的论文允许篇幅稍长一些。正文之前请附中文摘要（300—400字）、英文摘要（约200个英文单词）、关键词（3—5个）、作者简介（姓名、工作单位、学位、职称）。如果所投稿件是作者承担的科研基金项目，请注明项目名称和项目编号。

2. 论文区分注释与参考文献，分别以脚注和主要参考文献形式出现。注释与参考文献著录项目要齐全，不标注文献标识码，具体示例如下：

＊ 专著：主要责任者，文献名，出版地，出版单位，出版年，起止页码。

＊ 译著：原著者，文献名，译者名，出版社，出版单位，出版年，起止页码。

＊ 期刊文章：主要责任者，文献题名，刊名，年，卷（期）：起止页码。

＊ 报纸文章：主要责任者，文献题名，报纸名，出版日期（版次）。

＊ 专著中的析出文献：析出文献主要责任者，析出文献题名，专

著主要责任者，专著名，出版地：出版者，出版年，析出文献起止页码。

3. 外文参考文献要用外文原文，作者、书名、杂志名字体一致，书名、杂志名等用斜体，其余采用正体。

4. 来稿请寄送电子文本：sajournal@ 163. com。稿件末尾请务必注明作者联系方式，详细通讯地址（含街道路名）、邮政编码、联系电话。

5. 来稿一般不退，请作者自留底稿；也不奉告评审意见，敬请海涵；稿件一经录用，编辑部会在三个月内通知作者。

《中美比较文学》编辑部

2015 年 1 月

Call for Papers

Sino-American Journal of Comparative Literatures, an academic journal focusing on Comparative Literature and World Literature. Submissions are welcome based on the following guidelines:

1. Papers should not exceed the length limit of 15, 000 words. The Abstract and 3 – 5 keywords are supposed to be in Chinese and English, and a short biography of the author should be included in the submitted papers with the order of abstract, keywords and biography of the author.

2. Papers written in English should follow the MLA format in their documentation.

3. Submissions should be in electronic form and emailed to SAJCL@ gmail. com.